拉薩烈日下

ལྷ་ས་ཉི་འི་ཉི་ཟེར་འོག།

Tsering Woeser

唯色———著

推薦語

在不見天日的時間和地方，你的詩歌成為野蠻力量不可征服的
勇氣。

In this time and place where we can see no light, Woeser 』s poetry
has become a form of courage that barbaric power cannot conquer.

——艾未未（Ai Weiwei）

Woeser has the heart of both a rebel and a bodhisattva who gives
herself to the liberation of others—fiercely and ardently, with words.
In this collection of poems, Woeser bears witness to the destruction
and erasure of her culture and homeland. Her work is simultaneously
an act of love for the place where she grew her heart, and defiance
of those who destroy it. These masterful poems place her alongside
poets such as Mandelstam, Akhmatova, Darwish, Miłosz, and Hikmet.
Woeser is the rarest of beings—she has overcome fear to see the world
with unassailable clarity.

唯色兼具叛逆者和菩薩的心，她以激烈與熱誠的言語同時解放
了自我與他人。在這本詩集中，唯色為她的祖國所遭受的毀滅
與文化抹除作了見證。她的作品既傾訴了對自己生長之地的熱
愛，也表達了對那些摧毀者的蔑視。這些精湛的詩歌使她與曼

德爾施塔姆、阿赫瑪托娃、達爾維什、米沃什和希克梅特等詩人並列。唯色是世間有情中珍稀的人——她超越了恐懼，以無懈可擊的明晰看待世界。

——Ian Boyden（伊安·博伊登）

目 錄

前言

自2014年11月起，有長長的三年零五個月，因某種不可抗力，流寓在帝國首都的我，難以得到返回故鄉拉薩、看望摯愛親人的權利，而感受到一種流亡之苦。

2018年4月至10月，是我終於回到拉薩並被允許居住的時間。類似每日功課，我以詩歌的方式記錄日常，記錄種種變化：陌異的、讓人難過的變化……

願這本收錄了142首詩的詩集，如同「一匹偉岸超群的駿馬——/出於歡樂和尊重，我把它奉獻給你」[01]。是的，也有歡樂，是寫作本身帶來的，無可替代。

2023 年 5 月
最終修訂於北京

01　為流亡西方的秋陽創巴仁波切（臺譯：邱陽創巴仁波切 ཆོས་རྒྱམ་དྲུང་པ་རིན་པོ་ཆེ།
Chögyam Trungpa Rinpoche，1939 年 -1987 年）的詩句，引自《西藏流亡詩
選》，傅正明、桑杰嘉編／譯。需要說明的是，本詩集的詩作地點除注明，
皆寫於拉薩。

I. 空宮殿

空，或者不空

——獻給嘉瓦仁波切八十二壽誕

1、空法座：修赤

修赤的意思是法座

林卡的意思是林苑

修赤林卡[01] 在頗章布達拉[02] 的前面

往昔蔥蘢，簇擁著虯枝左旋的老樹，水塘和小橋

稍遠有一座方柱形的石碑[03]，記載千年前的帝國事跡

那法座，應該是用盡量平整的石塊壘成，從縫隙間長出

參差不齊的草，也會開花，而更多的花朵

是遠近走過的人們每日供放，香氣四溢

這一切都出自我的想象

卻也大致符合老人們的回憶。數年前

01　修赤林卡：བཞུགས་ཁྲི་གླིང་ཀ། 名為法王寶座的園林。

02　頗章布達拉：ཕོ་བྲང་པོ་ཏ་ལ། 布達拉宮。初建於公元七世紀，擴建於十七世紀五世達賴喇嘛時代，屬吐蕃（圖博）君王松贊干布及五世之後歷代達賴喇嘛居住的宮殿，兼及西藏（圖伯特）甘丹頗章政教合一的政府處理事務之處。

03　即達扎魯恭記功碑：ཞོལ་རྡོ་རིངས་ཕྱི་མ། 歷史記載，吐蕃（圖博）君王赤松德贊時代大將恩蘭・達扎魯恭，於 763 年率兵攻陷唐國長安，贊普下令在布達拉宮前立碑銘記。

有過俊美容貌但福報甚淺的貴冑公子，將我引至此處
從他微微顫抖的手指望去，已蕩然無存，更名為廣場
因此布滿這樣的標配：紅燈籠、升旗台、紀念碑……
正播放著一首首讚歌的大喇叭、小喇叭……
讚歌：旋律如昨，卻更換了歌詞

那尊原本於一九五九年三月之前存在的
法座是如何消失的？那尊
在樹木與花叢中的，總是虛位以待的
法座有著怎樣的故事？我問過許多人：你聽說過
修赤林卡嗎？在電視台工作過的退休幹部突然失聲哭泣
他說，你懂得懷念的感覺嗎？你嚐過心碎的滋味嗎？
而當年，他是調皮少年，隨渴求祝福的人們由此經過
不禁仰頭，望見盤坐的嘉瓦仁波切[04] 多麼年輕，笑靨如花
他再也無法忘記。一生不會忘記。
我繼續低聲詢問：你知道修赤林卡嗎？
遇見一位青年，他出生於偉大贊普[05] 故鄉附近的農戶家中
天賦畫才，善於描繪不曾見過的失樂園
其中一幅，是的，那幅畫，在他不幸喪生前完成[06]

04　嘉瓦仁波切：རྒྱལ་བ་རིན་པོ་ཆེ། 對歷代達賴喇嘛的敬稱，意為至尊如意寶。藏語對
　　達賴喇嘛的敬稱很多，本詩集也多有採用。

05　贊普：བཙན་པོ། 吐蕃（圖博）君王。這里指松贊干布，公元七世紀吐蕃帝國第
　　三十三代贊普，以締造帝國、建造布達拉宮並將佛教引入圖伯特等功德偉
　　績而著名於世。

06　指的是曲尼江白，ཆོས་ཉིད་འཇམ་དཔལ། 圖伯特當代藝術家，2011 年 3 月 29 日車禍
　　遇難，年僅三十歲。

翠綠的山巒重疊，潔白的雲朵翻卷，但房屋已變樣
空空的法座設於正中，裝飾華美，等待的心願如氣球飄飄欲飛

2、空房間：甚穹

七枝百合在深夜怒放
必須是深夜，才能及時目睹最美的瞬間
而我祈願這是一種奉獻：雖然這百合
只能放入簡單的玻璃器皿，供在一張照片前
有的房間，不，有許多房間，甚至連這張照片
都不容許出現。真奇怪，這世上，會有人
連一張照片都害怕。他們是甚麼樣的人呢？
強悍的唯物主義者不是無所畏懼嗎？
百合的盛開化作慰藉。香氣氤氳，我伏身敬拜
至少這個房間不再空無

我見過多個空的房間
在大昭寺，在羅布林卡，在布達拉宮……
敬語稱為甚穹[07]。有一天，我找到一位結識多年的僧人
他又從一大串鑰匙中找到一把做了記號的鑰匙
四顧無人，低頭走入黃色窗幔遮住的房間
梵香濃郁，似乎掩護著另一種芬芳

07　甚穹：གཟིམས་ཆུང་ 敬語，寢宮。

唯色／攝

I. 空宮殿

我竭力分辨，如同尋覓往昔那不堪重負的纖細身影
沉默的僧人將我拉回現實，以眼神示意
那繪有菩薩和眾生的牆上，布滿刺刀兇狠的劃痕 [08]……
空空的法座前，哈達 [09] 潔白，幾張完整的章噶 [10] 紙幣意味深長

前些日子，傳來兩個安多青年唱的歌：
「陽光下，活蹦亂跳的，昨天的那個孩子，
把成群的行星磨成粉末，用彩粉繪寫出明天，他把所有的
問題都拋向別人，可世界又聾又啞，默不作聲……[11]」
我想起康區北部的一座有名的寺院
打開不為他人所知的門，所見到的，你會淚下：
精雕細琢的檀木長椅上，仿若真人的照片
各種敬供，皆是精心挑選。裡面的那間
水晶燈散發著溫馨的光
一雙金色的拖鞋擺放在純白的浴缸前……

08　在拉薩大昭寺，往昔尊者達賴喇嘛於法會期間下榻的日光殿，文革期間被
　　紅衛兵、造反派和解放軍所占。牆上壁畫被刀刃亂劃，至今留有痕跡。

09　哈達：ཁ་བཏགས། 圖伯特文化作為禮儀或獻祭用的絲織品。高級哈達上印有圖
　　案和文字。

10　章噶：ཊམ་ཀ། 公元 1911 年，圖伯特噶廈政府即甘丹頗章政權所印制和發行的
　　紙幣。

11　即在圖伯特安多地區的西藏病人樂隊的歌曲〈空房間〉。

3、空城：拉薩

站在這裡。每一次站在這裡，會
「被一種奇異而衰頹的風景包圍[12]」，內心
就有個聲音在拒絕，在反抗，要盡快去做
去實現一個個逆緣的轉變，不然真的來不及了

想起那年深秋時，哦不，是初冬時節
帶上幾串經幡和一小包叫作桑[13]的植物碎末、
一些剛磨好的糌粑、一小瓶用青稞釀成的酒
緩緩走上四千多米的山脊，心跳加快
這是因為臨行前，堪布[14]仁波切[15]的叮囑：
「勿要説話、叫喊。要坐下，祈禱，就能看見未來。」

一面是陽坡，陽光照耀，賜予些許溫暖
一面是陰坡，被淺淺的白雪覆蓋
那狀如佛冠的聖湖，拉姆拉措[16]，恰在不遠的凹形之處

12　引（美）雷蒙德・卡佛（臺譯：瑞蒙・卡佛 Raymond Carver）〈為了今天的埃及幣，阿登，謝謝你〉（《我們所有人》，舒丹丹譯）。

13　桑：བསང་། 指用於祭祀、敬供等儀式的植物、香料、糌粑等。

14　堪布：མཁན་པོ། 深通經典的僧侶上師，而為寺院或經學院的主持者。

15　仁波切：རིན་པོ་ཆེ། 意為珍寶，通常也是對藏傳佛教轉世高僧的尊稱。又稱祖古。漢語稱活佛，其實是錯誤的稱呼。

16　拉姆拉措：ལྷ་མོའི་བླ་མཚོ། 圖伯特最神聖的湖，尋訪達賴喇嘛轉世的觀相湖，是圖伯特、拉薩及達賴喇嘛的護法神班丹拉姆的魂湖，位在今西藏自治區山南地區加查縣境內。

像明鏡，像幻境，像所有不真切的真切，充滿力量

周圍無人。只有我和愛人。

先向班丹拉姆 [17] 奉獻桑的香味、糌粑與酒的美味

再將經幡繫在石塊之間，以示一種代言

分開坐下，互不干擾，其實我已有幾分急切

盡量專注地凝視著：「請指給我看命運的樣貌。」

兩隻鴉倏忽而至

一隻落在我的右邊，一隻落在他的左邊

用不似鴉的叫聲使我回眸：有著黑色的羽毛、紅色的嘴與雙

　　　足 [18]……

「迴嘎是松瑪的使者，不是凶兆是吉兆。」我似乎聽得有人說

鴉在踱步。間或鳴叫。那麼繼續凝視，一幅畫面從湖水漸漸呈現：

那是堅熱斯 [19] 在人世間的形象，熟悉的笑容寄予某個意義

就像一個奇蹟多麼明亮，一切盡在不言中

天色將晚，攜手返回那座已空了幾十年的城

途中，兩隻鹿輕盈跑過，猶如去往時輪金剛的壇城

是這個寓意嗎？無論如何，與許多歸來的族人一樣

17　班丹拉姆：དཔལ་ལྡན་ལྷ་མོ། 吉祥天女，藏傳佛教萬神殿眾護法神中最主要之一，
　　圖伯特、拉薩及尊者達賴喇嘛的護法神。

18　是紅嘴山鴉，སྐྱུང་ཀ། 藏語發音「迴嘎」，該物種的模式產地在喜馬拉雅山脈
　　地區，學名 Fregilus himalayanus。

19　堅熱斯：སྤྱན་རས་གཟིགས། 觀世音菩薩，尊者達賴喇嘛被認為是觀世音菩薩的化
　　身。

拉薩烈日下

內心不空，傾注了愛與希望。

2017-7-6，北京
（尊者達賴喇嘛壽誕日）

看見這樣的景致我差點落淚……

看見這樣的景致我差點落淚：
從黃昏的漫天彩雲，至夜幕降臨，那蒼穹依然是深邃的藍，
依然漂浮著大朵或小朵的雲，或疏，或密……
由左向右，喻為八瓣蓮花[01]的群山，除因採礦致殘的一瓣，
紛紛呈現盛開的狀態。我看不夠這些亙古猶存的自然，
不願放低視線，沉入越來越似異鄉的世界——

一片片籠子似的灰撲撲的樓房，
一片片樓房頂上閃閃發亮的熱水器，
一片片樓房之間緩緩移動的黃色塔吊……
我選擇無視，抬高眼界，盡量辨認頗章布達拉的細節，
從背面，看不見密集的古老窗戶，也看不見有五顆星的紅旗，
往上是群山的背景，更往上是雲蒸霞蔚的天空。

直至漸入深夜，無須為選擇或不選擇而費神，
如同僧侶裹上絳紅色的羊毛大氅靜坐，
將一個個無常的真相獨自消化。
黑暗掩蓋了醜陋和痛苦，時有狗吠，仿佛失樂園，

01　藏文典籍中將拉薩周圍群山喻為「八瓣蓮花」。歌謠唱到：「上天是八輻條的吉祥輪／大地是盛開的八瓣蓮花……」

拉薩烈日下

薯伯伯／攝

17

I. 空宮殿

仿佛並不會成住壞空[02]。認清這一點很必要，
我不能一廂情願地活在懷舊之中。

慶幸偉大的頗章[03]擁有世俗野心難以企及的高度，
五十九年前，年輕的嘉瓦仁波切徘徊在日光殿[04]外，
必定常常目睹類似的、親切的、屬於本地的景致，
是否會在後來流亡的夢中交迭顯現？
又恰似眾空行以尊奉和禮敬的形式緩緩雲集，
而我只能雙手合十，灑下淪陷的淚水。

2018-4-21

---

02 成住壞空：指四劫，是佛教對於世界生滅變化的基本觀點。

03 頗章：ཕོ་བྲང་ 宮殿。

04 日光殿：布達拉宮的東面即七層高的白宮，最高處是尊者達賴喇嘛的寢宮，
因沐浴陽光而稱日光殿，藏語敬稱甚穹 གཟིམས་ཆུང་。

唯色／攝

I. 空宮殿

我找到了那道門……

我找到了那道門，確切地說，
我猛然意識到，從新命名的羅堆東路經過時看見的
這道門，正是那個生死攸關的命運之夜的
逃亡之門！而我是被幾枝細長的花枝上搖曳的
幾朵枯萎的花苞提醒的。沿著由絳紅色的邊瑪草
與白色的石塊砌築的長牆，我尋覓著更多的植物，
但這隱蔽的、緊閉的、暗藏機密的門，
在這個寂靜而清寒的下午將我挽留，
啊！差一點，我差一點錯過了遲來的，遲來的，
恢復記憶的契機。

這是羅布林卡[01]的南門，朝向不遠處靜靜流淌的吉曲[02]——
以藍色為主色的門楣，錯落有致地，繪著祥雲和花瓣；
被喻為長弓和短弓的托座，雕刻精緻但已有裂紋；
染成黑色的鐵製合頁之間，兩個圓形門環
繫著哈達和金剛結，因日曬雨淋，褪色且碎成細縷。
看上去與這個城市僅剩不多的傳統大門無異，

---

01 羅布林卡：ནོར་བུ་གླིང་ཀ 位於拉薩城西邊，始建於公元十八世紀七世達賴喇嘛時
    期，是之後歷代達賴喇嘛的夏宮，意為珍寶園林。
02 吉曲：སྐྱིད་ཆུ 意為幸福河，指拉薩河。

卻不是任何一個舊日貴族的宅邸大門，
而是政教法王達賴喇嘛的夏宮之門，
外圍宮牆的七或八道宮門之一[03]，
大約兩三百年之久的舊門，迴蕩著他的聲音：

「他們給我預備了一套士兵服裝和一頂皮帽……
我穿著這套陌生的衣服，最後一次來到我的經堂。
我在寶座上坐下，翻開一本放在桌上的佛陀教導的書，
翻到釋迦佛讓弟子們要勇敢的一例。」

「我走過了那座有著我許多生活中
幸福的記憶的漆黑的花園……
當我們穿過靠近瑪哈嘎拉寺的神聖藏經閣時，
我們摘帽以示敬意和道別。」

「大門關閉著……打開了沉重的鎖。
在我的一生中，沒有任何正式的遊行儀式，
便走出羅布林卡的大門，在我的記憶裡只有九年前
我流亡亞東時那一次。當我們到達大門口，
在黑暗中依稀可見仍然在守衛著我的人民，

03　據歷史學家夏格巴・旺秋德丹（ཚེ་སྤོན་བགྲེས་ཞབས་དབང་ཕྱུག Tsepon W. D. Shakabpa 1907 年 -1989 年）寫：「在宮牆外面，四周有高深堅固的院牆圍著。東、南、北三方各有兩道大門，西方有一道，共七道大門，均由相貌英俊、手持武器的警衛們畫夜守衛著。」尊者達賴喇嘛出走之門應為靠近東邊的南門。另據今在羅布林卡的工作人員稱，共有八道大門，東南西北各有兩道門。

I. 空宮殿

但誰也沒有注意到這位謙卑的士兵，
我昂首闊步走了出去，邁向前面漆黑的大道。」[04]

那是一九五九年三月十七日的深夜啊……
間隔漫長又短促的五十九年，當更加寂靜而清寒的
深夜降臨，我再一次來到這道門跟前，靜靜地，
或靠近，或後退，從多個角度，久久地凝望。
一隻烏鴉似的黑鳥，忽然從門的上方飛走，
投下的暗影瞬間即無。天色幽藍，映照著
繫在門環上的長條織物被風吹拂，像悲泣的幽靈，
是無數死於炮火的忠誠的守護者仍未離去麼？

我泫然欲淚，合十默立，卻非道別——禮敬他！
正是從這裡，走向讓一個奉信非暴力的民族起死回生之路，
而那時，他才二十四歲，瘦弱，近視，心有戚戚。

2018-5-5

04　這三段引自《我的土地和我的人民——十四世達賴喇嘛自傳》，我做了分行排列。十四世達賴喇嘛丹增嘉措（14th Dalai Lama Tenzin Gyatso，藏文簡寫 བསྟན་འཛིན་རྒྱ་མཚོ）著，土登森普編輯，陳峰翻譯，香港支持西藏之亞太廣場出版社，1990 年。

拉薩烈日下

故鄉的瘡疤惟有故鄉的人深諳

故鄉的瘡疤惟有故鄉的人深諳，
優越感十足的外來者怎會覺察到？
就像羅布林卡門口那個高大的銅質雕塑，
深棕色，彎彎曲曲，散布著幾粒金色，
出自「內地[01]」那些大師之手，
以象徵這個城市的幸福指數
遠高於其他任何地方。

據說原型取自祥雲，
但那外觀，說真的，酷似一坨屎，
本地人竊竊私語，卻無人敢大聲說出口。
於是就經年累月地，矗立在我尊者的宮殿門口，
日曬雨淋，顏色更深，曲線更逼真，
似乎會散發出一股奇臭無比的氣味，
遠遠就能聞到。

01　有關「內地」這個新詞，1959 年之後，「一個新造的名詞：祖國（mes
　　rgyal），現在成為媒體與官方出版品的經常用語……那些到中國去進修的
　　學生幹部，被說成是旅行到『內地』（rgyal nang）……」。引（英）茨仁
　　夏加（Tsering Shakya）《龍在雪域：1947 年後的西藏》，謝惟敏譯。

人世間最幸福的烏托邦，

被一個像大便的東西代表了。

每次路過，忍不住感謝大恩人的美學趣味及禮物：

「你們開心就好！」何況的確帶給許多人幸福，

如果這幸福意味著多少含有幸災樂禍的微笑，

當然，這裡，本身就是災禍現場，

「會讓人別過頭不想目睹幸福的景象。」[02]

2018-5-8

02　引（法）阿爾貝・卡繆（Albert Camus）《反抗者》，全句是「有時候，悲慘會讓人別過頭不想目睹幸福的景象」，台灣嚴慧瑩譯。

能夠每天看到頗章布達拉的人

能夠每天看到頗章布達拉的人，
能夠每天看到頗章布達拉每一個面向的人，
是有福的，即便在今日。

正面、背面、側面——左側、右側，
每個細節都不一樣，
都美輪美奐，都銘記在心。往上，

必須往上，那與頗章相宜的風景似乎沒有變過，
似乎從未變過，是對五世尊者[01]的回應，配得上他的本意——
他將這最美的建築賜予了他愛的眾生。

而這裡的眾生，曾經，長期，呼吸著佛法的空氣，
只要心智未失，目睹空空的頗章，就會懂得它的意義
在於提醒真正的主人在哪裡，反而不會忘卻。

---

01 即第五世達賴喇嘛阿旺洛桑嘉措（5th Dalai Lama Ngawang Lobsang Gyatso，
藏文簡寫 དགའ་ལྡན་ཕོ་བྲང་རྒྱལ་མཆོག་ 1617 年 - 1682 年），統一圖伯特，建立甘丹頗
章政權，擴建布達拉宮，著述豐厚，在圖伯特歷史上被稱為「偉大的五世」。

最近添了幾塊贅物：在金色的靈塔殿旁邊新搭的篷帳，
橙色的、藍色的、綠色的，無論遠近，無論以何種理由──
都太顯眼，太刺眼，不忍再視。

2018-6-11

就像是有兩個拉薩……

就像是有兩個拉薩，
一個看得見，一個看不見，
這需要說出口。其實是轉述
在河邊樹林裡，朝著布達拉宮
悄悄磕長頭的退休幹部的低語，
如同一份不得不更新的地理文本——

「這吉曲，這幸福河，
他們會指著說這就是吉曲。
但在過去，水面寬闊，緩緩流淌，
一年四季各有不同的風景，
沉浸水中的習俗留下許多歌謠。
如今被截流、改道，分成了幾份，
那填平的，鋪了路，蓋了房，
外人絡繹不絕，日夜尋歡作樂……
總之，那叫吉曲的，這裡曾有過。」

「這頗章，這布達拉宮，
他們會指著說這就是頗章。
但傳統上，所有的房子不能高過它，
包括世尊家族近在咫尺的房子。

世俗人家的房子也不能高過祖拉康 [01]，

從金頂即可望見北邊山腳下的色拉寺 [02]，

也依稀望見西邊山坳上的哲蚌寺 [03]，

如今幾乎被幢幢高樓擋住視線……

總之，那叫頗章的，這裡曾有過。」

「這蕩熱 [04]，這拉魯濕地，

他們會指著說這就是蕩熱。

說它是拉薩的肺，日夜氤氳新鮮空氣，

但它在不斷地縮小，縮小。

以前好大一片，各種各樣的鳥兒

飛來飛去，草甸，花朵，叢林

連魯神也舍不得離開，

嘉瓦倉央嘉措 [05] 也寫詩讚美……

總之，那叫蕩熱的，這裡曾有過。」

01　祖拉康：གཙུག་ལག་ཁང་། 這裡指大昭寺，尊者達賴喇嘛稱「全藏最重要的寺廟」。由吐蕃（圖博）君王第三十三代贊普松贊干布修築於公元七世紀，政教法王第五世達賴喇嘛擴修於公元十七世紀，但在文革中，古老佛像絕大多數被毀，徒留受損建築，直至 1970 年代中期才開始重建。

02　色拉寺：སེ་ར་དགོན་པ། 藏傳佛教格魯派主要大寺之一，也是拉薩著名三大寺（哲蚌寺、色拉寺、甘丹寺）之一。1959 年「和平解放」時及文革中被破壞，後重建，規模縮小很多。

03　哲蚌寺：འབྲས་སྤུངས་དགོན་པ། 藏傳佛教格魯派主要大寺之一，也是拉薩著名三大寺（哲蚌寺、色拉寺、甘丹寺）之一。1959 年「和平解放」時及文革中被破壞，後重建，規模縮小很多。

04　蕩熱：འདམ་ར། 濕地。

05　嘉瓦倉央嘉措：ཚངས་དབྱངས་རྒྱ་མཚོ 第六世尊者達賴喇嘛。他還是一位偉大的詩人，在歷代達賴喇嘛中最具傳奇性。

唯色／攝

I. 空宮殿

「這羅布林卡，這寶貝園林，
他們會指著說這就是羅布林卡。
可是我們的如意之寶 ⁰⁶ 在哪裡？
空空蕩蕩的法座啊！
就像失去了油脂的滋潤，
暗淡無光，像蒙上了灰，
到處都是灰撲撲的，
灰撲撲的，去一次心碎一次……
總之，那叫羅布林卡的，這裡曾有過。」

他提及的油脂是句拉薩諺語，
意譯為「失去了光澤」，
含有一種動聽的音調，
我正思忖如何翻譯更貼切，
卻見他布滿皺紋的臉上淚水長流，
隨著淚水在低呼：「益西諾布 ⁰⁷，
益西諾布，益西諾布……」
許多日子過去了，
我仍常常想起這一幕。

2018-7-26

06　如意之寶：藏語發音「益西諾布」，代稱尊者達賴喇嘛。

07　益西諾布：ཡིད་བཞིན་ནོར་བུ། 意為如意之寶，尊者達賴喇嘛的敬稱之一。

唯色／攝

「這是一支諧欽⋯⋯」

「這是一支諧欽，[01]
一支流傳幾百年的諧欽，
慶典上不可或缺，
緩緩地載歌載舞，
人人喜聞樂見。」

「那麼它的歌詞，請說一遍吧。」

「布達拉的石階，一步一步地上。
如諸佛的法王，安坐金色法座。
就將哈達獻上，得到加持賜回。
頸上戴著哈達，返回自己家鄉。
家鄉哪怕荒僻，有我恩德父母。」

「多麼深情的諧欽，再唱一遍吧。」

「已經改了，如諸佛的法王，
原本頌讚的是達賴喇嘛，

01　諧欽： གཞས་ཆེན，意為大型歌舞。這首是以詩的方式記錄一位民間藝人與我
　　的對話。

改成了嘉瓦堯色囊松，
指的是宗喀巴師徒三尊，
不改就不允許我們唱了⋯⋯」

我總是會再看一眼頗章布達拉

我總是會再看一眼頗章布達拉，
如同需要安慰的邊緣人，
這成了臨睡前的一種儀式，
望見的總是一片暗黑，
那麼被動，那麼寂寥，多少秘而不宣！

也總是會直抵一九五九年三月以及之前的光陰，
艱難地，從幼年成長至青年的嘉瓦仁波切，
獨自徘徊在金頂與白宮之間，有時俯瞰空曠的德央廈 01，
每至凜冬某日，朗杰扎倉 02 的僧侶戴上威猛的面具，
以華麗而激烈的羌姆 03 供讚本尊，呼喚護法……

當心痛的時候，當呐呐難言的時候，
「像往常一樣……」，我會重覆這句開場白，
足以令沉默已久的人慢慢開口，
或讓盤踞頂層的窺視之眼飛快地避閃，

01　德央廈：བདེ་ཡངས་ཤར། 位於布達拉宮，意為東歡樂廣場，藏曆十二月二十九在此舉行僧侶演示的金剛法舞。

02　朗杰扎倉：རྣམ་རྒྱལ་གྲྭ་ཚང་། 專屬尊者達賴喇嘛的僧團。傳統上達賴喇嘛的諸多法事均由該僧團承擔。

03　羌姆：འཆམ། 金剛法舞，由僧侶演示。

薯伯伯／攝

35

I. 空宮殿

那屬於我們的完整生活才會從中斷之處繼續。

但今夜似乎不尋常，往常準時關閉的燈光
在凌晨一時四十分依然炫亮著，甚至比平時的燈光
更炫亮，使得坐落在瑪波日 [04] 的頗章變得慘白，
就像是，某一出改寫了劇本的重頭戲，
需要新的、苛求的、獨斷專行的布景。

2018-9-11

04　瑪波日： དམར་པོ་རི། 紅山，即拉薩中心，布達拉宮坐落的山。

突然間，萬丈強光射向布達拉宮

突然間，萬丈強光射向布達拉宮，
從對面那個模仿天安門廣場的廣場，
從狀若炮彈的紀念牌、槍支護守的國旗台，
從幾個穿中山裝和西裝的男人那屈尊俯就的笑容。

一瞬間，萬丈強光變幻成五角星、「張大人花」[01]，
如剛出爐的烙印，激烈地穿梭著，緩慢地疊加著，
反反覆覆地，上下左右地，無比明耀地，
掠過白宮、紅宮，白牆、紅窗……

萬丈強光猶如兇猛的炮彈，有一枚
特別大特別亮，精準地打在紅宮中央，
那紛紛四散的白色光斑，就像一九五九年三月間的
赭面眾生，在密集的炮火中呼告，狂奔。

緊接著，萬丈強光凝聚成一束強烈的白光，
深情款款地，愈來愈集中地，照耀插在最高處的五星紅旗，

01　張大人花：菊科類花卉，在圖伯特高原上遍地生長，易存活，花期長。藏
　　語稱格桑梅朵，即幸福花。但在中國的主流敘述中，將拉薩等地的波斯菊
　　說成是清末駐藏大臣張蔭棠帶來，「被藏族人民親切地稱之為張大人花」。

讓圍聚在廣場的遊客歡騰，大喊「祖國生日快樂」，
一灘渾濁的水漬有破碎的倒影。

這萬丈強光啊，就這樣，以無比炫耀的方式發射著，
猶如火樹銀花不夜天 [02]，讓全城沉浸於空前的良宵盛會，
卻被映襯得多麼失真，經不起重返漆黑的長夜，
假如那滄桑的宮殿會出聲，肯定是慟哭……

這個夜晚，我揣著被萬丈強光刺透的心，
努力地，呵護著所剩無幾的尊嚴，以一個朝聖者的方式，
沿著傳統的轉經道，繞著喪失了身份和體面的頹唐布達拉，
走完了一生中最悲傷的一圈……

2018-10-6

02　1950 年 10 月 3 日晚上，一百五十多名少數民族代表在北京參加「國慶典禮」，向毛澤東獻各種禮物。文人柳亞子賦詞：「火樹銀花不夜天，弟兄姊妹舞翩躚，歌聲唱徹月兒圓。不是一人能領導，那容百族共駢闐，良宵盛會喜空前。」第二天，毛澤東以《浣溪沙・和柳亞子先生》相答：「長夜難明赤縣天，百年魔怪舞翩躚，人民五億不團圓。一唱雄雞天下白，萬方樂奏有於闐，詩人興會更無前。」

拉薩烈日下

薯伯伯／攝

I. 空宮殿

拉薩烈日下

II. 火焰寺

帷幔及黑暗中的沉睡

1、

亂卷的烈焰中盤坐著我的覺沃佛[01]
來不及寫詩和悲泣
且容我尋找那匆匆掛上的帷幔背後無數的瑰寶
儘管究竟的真理
是覺仁波切對無常的示現，一次又一次

2、

那面帷幔是個隱喻
在失火後的第二天
他們將那布滿紅花的黃色綢料
幾乎沒有皺褶
剪裁不留痕跡
掛在了宣布「完好無損」的
覺沃佛像的身後

01　覺沃佛：𗁯𗁯 即拉薩大昭寺主供佛像──佛祖釋迦牟尼十二歲等身像，藏語
　　又尊稱「覺仁波切」，意為釋迦牟尼至尊之寶。

就像一堵密不透縫的牆
誰知道在那後面有甚麼？
或者還可能有甚麼？
執著的人啊，比更多的人了然
那看不見的大火一直在燃燒
而那帷幔早已遮住了天下 [02]

3、

黑暗中的沉睡
黑暗中不得不的沉睡
黑暗中不得不托夢的沉睡⋯⋯
但黑暗也是多種多樣？
就像這段話（是我說的嗎）：
「你以為這世界有黑暗，
其實黑暗並不存在」
那麼你可以試著描述不同層次的亮度——
微光、暗淡的光、明耀的光⋯⋯
柔光、暖和的光、強烈的光⋯⋯
以及閃光，那比閃電還倏忽即逝的光你看見了嗎？

02　2018 年 2 月 17 日，藏年新年初二下午，在拉薩大昭寺，供奉覺沃佛像的主
　　殿覺康及上方的金頂突發火災。當晚九點多，火被消防警察和僧眾撲滅。
　　次日雖允許信眾朝拜，但覺沃佛像背後新掛上帷幔，一些殿堂關閉。迄今
　　當局並未對這場火劫有公開的、完整的、如實的交代。

以及焰光，那比焰火還經久不熄的光你看見了嗎？
假若沒有永恒的光怎麼辦？
假若沒有一線之光怎麼辦？
緩緩入睡麼？慢慢死去麼？
又如何免於漫長中陰各種歧路的看不見呢？
一滴水落在沉睡者的眼皮上
一滴淚在黑暗中為靈魂的驚慌失措而哀悼
有人在恍如隔世的國度悄聲叮囑：
「如果你想知道周圍有多麼黑暗
你就得留意遠處的微弱光線……」

4、

而您的名字從未像那夜那麼明晰
那是從未有過的烈焰在空中揮毫寫下
我把蒙住雙眼的手挪到心口
如果疼痛可以揪掉或者掩藏起來

在眾人失聲的世上自言自語是危險的
那突如其來的問候很像一枚引而不發的炸彈……

2018-2 至 3 月，北京

唯色／摄

II. 火焰寺

竭力睜開淚珠滾落的雙眼……

竭力睜開淚珠滾落的雙眼，
竭力辨識火劫 [01] 已過兩個月的現場，
火劫！然而足以令人目瞪口呆，
一夜之間似乎全已恢復如初，
似乎一切如常，毫髮未損，
卻又似乎一切歸零，噩夢亦歸零。
好吧，「你們就享用這黑暗吧。」[02]

忘記你以前幾百次見過的——
覺沃佛兩側的絕美而精巧的侍者像，
覺沃佛左右及後面的絕美而高大的菩薩像，
覺沃佛頭頂那絕美而歷劫仍存的純金華蓋 [03]，

01　2018 年 2 月 17 日，藏年新年初二下午，拉薩大昭寺突發火災，主要燃燒處是供奉釋迦牟尼佛像的主殿覺康及上方的金頂。

02　引（德）保羅・策蘭（Paul Celan）〈走進霧角〉（《罌粟與記憶》，孟明譯）。

03　十幾年前，我在調查西藏文革時采訪了大昭寺的一位老僧，他說文革中，「慶幸的是，覺仁波切頭上的華蓋是純金做的，但因為被香火熏得很黑，沒人認得出是純金，所以就沒被（紅衛兵和幹部）拿走」。據知，這個純金華蓋有數百年歷史。我曾多次拍到過，製作非常精美。但在這場火災中，幸免於文革的純金華蓋消失了，可能被猛烈的火焰熔化。

覺沃佛背後那憨態可掬，伸手婉拒的「我不走」[04]，
覺沃佛面前那含笑而跪，手舉供燈的小銅人……
啊，覺沃佛了知這一切！

還要忘記火劫次日匆匆掛上的帷幔，
那寬幅的、嶄新的黃色綢帛掛在覺沃佛身後，
以遮擋源源不絕的信眾那望穿雙眼的視線，
但似乎安然無恙的覺沃佛左邊的立柱未能遮住，
露出了原本鑲滿的寶石變成了空空蕩蕩，
有人瞥見帷幔的背後也變成了空空蕩蕩，
「就像古老的廚房，也像昏暗的深淵……」

仿佛從烈火與激流中重生，
仿佛完全地沒有任何瑕疵、創痕、污點，
過於神速，過於完美，過於符合人定勝天的奇蹟。
黑夜中，帷幔後，被遮蔽、被禁足的這裡，
不可一世的權力不但可以使鮮活的肉體消失，
更有非凡的魔力使各種材質的塑像原地轉世，
那倉促搭起的巨大佛龕，多麼新，多麼新……

淚水滂沱。甚至心痛如絞。此刻，黃色的

04　「我不走」：指大昭寺主殿主供佛覺沃佛像背後的一尊泥塑的釋迦牟尼佛
　　像，據《大昭寺：拉薩的壇城》記載，在主殿裡共有佛陀十二歲等身像及
　　二十一尊塑像，包括高大的釋迦牟尼報身像和「我不走」，以及六菩薩和
　　六母菩薩共十二尊塑像。

帷幔雖已取下，無形的屏障仍矗立著，在比祈禱聲
更大聲的禁令和呵斥中，擁擠的人流多麼順服。
我深深思念的覺沃佛微笑著，我從未見過如此洞悉的笑容，
就像是某種認可與接納，不，更像是期許，
如同將見證的使命交付於真心的信眾交付於我，
啊，覺沃佛了知這一切！

我記住了兩件事，在我像是攜帶瘟疫病毒
行走於眾人紛紛迴避的這個或那個場合，而
在這裡，高懸攝像頭的覺康[05]，一位僧人飛快地
贈我一條黃色哈達，兩位正在上金的僧人飛快地掀起佛衣，
露出覺沃佛左腿上一個小小的洞穴給我看──
五十多年前[06]那些愚昧好鬥者，用紅色的鎬頭
造下的罪孽，但也因此成了辨明真身的標記。

在這裡，曾與我無話不講的僧人說過，
覺沃佛那盤坐的雙膝間有一枚如意寶輪旋轉著，
當臨新舊交替的子夜時分，唯有虔信者才看得見，
象徵賜予的恩惠，庇護上千年的佛殿及全城。
如今那隱而不見的如意寶輪還在旋轉嗎？

---

05 覺康：ཇོ་ཁང་། 拉薩大昭寺供奉佛祖釋迦牟尼等身像的佛殿，是最重要的神聖
    佛殿。

06 即 1966 年 8 月 24 日，大昭寺遭到紅衛兵和「革命群眾」的破壞，幾乎所
    有佛殿被砸，佛像被毀，主供佛覺沃佛像盤坐的左腿遭紅衛兵用鎬頭砍擊，
    留下一個小小的洞穴，迄今可見。

拉薩烈日下

薯伯伯／攝

II. 火焰寺

真金不怕火煉，但為何，不僅此處成焦土，
所有各處皆成焦土，卻於頃刻間被翻新成樂土？

哪一個不肯馴服的人會被選中來做記錄者？
默默收起念珠，如同收起無力又無用的抗辯，
我要銘記這一切：那個火焰漫卷的冬夜，
使合十的雙手成了悲痛的祭壇，
使絳紅的袈裟成了黑暗的包裹，
使無法了知的真相成了不明覺厲的謎團，
啊，覺沃佛了知這一切！

原本修築在吉雪沃塘⁰⁷ 那片湖水中的佛殿，
在漫長的歲月裡一次次示現世間無常，
當防不勝防的火劫由小及大，由內至外，
寒風也趁機造勢，加劇焚燒的景象，
水卻姍姍來遲，未能及時澆滅，多麼像
一個可怕的隱喻，如同目睹失去了自己
原本擁有的，而遠水救不了近渴。

大門外，沉默的人們此起彼伏地磕著長頭，

07　吉雪沃塘： སྐྱིད་ཤོད་ལོ་བདག་ 是拉薩城以前地名。意為吉曲河下游如同牛奶流淌的
　　寬廣之地，其中有一湖。公元七世紀，君王松贊干布決定為五位王妃之一，
　　即尼泊爾墀尊公主建寺，供奉釋迦牟尼八歲等身像，故用土填湖後建了大
　　昭寺。

一位來自康區的老尼匆匆比劃封口的手勢，
壓低嗓音重覆道：這個火劫是不准說的，不准說的……
一位生於一九五九年的男子在他的雜貨店喃喃道：
「那以後我沒再去過祖拉康，我怕自己看見的，
會讓多嘴的我抑制不住地說啊說，
這樣會惹禍上身的……」

2018-4-17

「為甚麼不說出發生的事？」

「為甚麼不說出發生的事？」[01]
讀到這一句，我潸然淚下。
想起兩個多月前，這古城的夜空中
那死死攫住了萬人之心的火光……

卻化作最黑的黑暗，不但甚麼也看不見，
還灼傷雙目，變成了睜開眼睛的瞎子，
還灼傷喉管，變成了張口結舌的啞巴，
還灼傷耳朵，變成了耳根清淨的聾子……

2018-4-22

01　美國詩人羅伯特・洛厄爾（Robert Lowell）的詩句，引自〈收場白〉。

唯色／攝

II. 火焰寺

那是火劫之後的第五天……

那是火劫之後的第五天，而他
夜不能寐已連續四日，對於八十一歲的老人
這是折磨中的折磨，耗損中的耗損，
於是，他決定去那現場一探究竟。

他身材頎長，形容消瘦，雙目凹陷。
他穿灰色毛呢做的過膝藏袍，年輕時
一定是個美男子，年輕時卻陷入外來者的囹圄，
足足被奪走八、九年好時光。

「告訴我，覺沃佛是不是完好無損？」
他叫住祖拉康裡一個認識的僧人。
「是的，請放心吧。」低著頭的僧人說。
「那麼，覺沃佛的眼睛裡還有那道白色[01]嗎？」
「有的，請放心吧。」低著頭的僧人說。
「那麼，覺沃佛的左腿上還有紅衛兵砍的洞嗎？」
「有的，請放心吧。」低著頭的僧人說。

01　可能指的是佛像眼睛下方繪畫的白色，以顯示眼神光彩，據說具有無論在
　　哪個角度，都會有被佛像觀照到的效果。

他淚眼婆娑，仿佛看見了那場火劫的一切、所有：
就像是以身蹈火的覺沃佛以自他交換的方式，
獨自承負眾生的災難，或拚力阻擋災難撲向眾生。
那狂暴的火焰裏卷著，旋轉著，沖向上方的金頂，
而覺康裡的二十餘尊泥塑像，並非消失於火中，
卻是消失於倉惶撲滅火焰的激流水龍中。

據說有記載，曾為救度危難的迫切理由，
覺沃佛付出毀容的代價，臉上長滿疙瘩，乃至爆裂。
身後那尊更古老的本土塑像，也將滿腔悲憫，付諸於
粉身碎骨，化作塵土。勇於犧牲的，從來都是
被遺忘得最快的，這似乎是眾生的天性如此。

但他的內心仍然需要一個答案。
他慢慢地抵達二樓和三樓的拐角處，
那裡供奉著兩尊女神，是萬神殿首席護法神的不同法相。
「白拉姆 [02]，您不是松瑪 [03] 嗎？您不是祖拉康的松瑪嗎？
您保護了甚麼呢？大火燒成這樣，您保護了甚麼！」
然而白拉姆依然如故，露齒微笑，這不禁激怒了他。

02　白拉姆：དཔལ་ལྷ་མོ། 大昭寺二、三樓之間拐角處有兩尊女神的神聖塑像，長著
　　蛙臉的白拉白東瑪與三目圓睜、露齒而笑的白拉姆，是大昭寺乃至拉薩的
　　大護法——吉祥天女班丹拉姆示現的不同法相，但在民間傳說裡是班丹拉
　　姆的女兒。這兩尊塑像在文化大革命中被砸，文革後塑新。

03　松瑪：སྲུང་མ། 意為護法神，包括出世間護法神、世間護法神等，具有宗教的
　　意義。

一改往日的畢恭畢敬，他用一隻手不客氣地指著女神，
將內心的不滿脫口而出，聲淚俱下。
聲音太大，震懾了周圍正在謙卑祈禱的人們。
一個老婦驚呼：「哦噴，怎麼能像罵人一樣罵神啊？」
一旁的香火僧默不作聲，眼裡飽含熱淚。

當晚，他安然入睡，在一個長長的夢裡，
一個個違緣化作了順緣。

2018-4-26

各方混亂的消息匪夷所思

各方混亂的消息匪夷所思，
那火劫的現場詭異至極，
仿佛甚麼都沒有發生，
仿佛歲月從來靜好。

日夜住在裡面的僧人目光躲閃，
雖然言語鑿鑿，卻過於完美，
反倒可疑。結果是，人所共睹的
那燒紅了半邊夜空的火焰，
成了集體失憶的幻覺。

啊啊，這個城市有多少人，
就有多少個羅生門的故事，
誰也不可能說服誰，
誰也不知該相信哪個更多些，
或者全都不信才算貼近真相。

2018-4-30

你和我都是很不容易來到覺康的眾生

你和我都是很不容易來到覺康的眾生，
你和我都在此刻熱淚盈眶，
你和我有緣遇上但也是瞬間即散。

你和我，你被親人抱在懷裡，
我為愛人的生日祈福，
那麼多朝拜的人似乎只有你和我。

而這覺康！覺康！
充滿災難、陰謀和隱秘，
大人紛紛失語，而你太小，
還說不出一句完整的話……

啊，那麼多的敬供！
敬供再多，在酥油燈火照亮的
看上去無恙的覺沃佛前也無法釋然，
無法將深深的負疚相抵，貢覺欽[01]。

2018-5-2

01　貢覺欽： དཀོན་མཆོག་མཁྱེན། 在藏人信眾中最普遍的祈禱詞，大意為諸佛了知，諸佛護佑。

黃昏時分，祖拉康的金頂群閃耀著金光

黃昏時分，祖拉康的金頂群閃耀著金光，
有一片金頂尤其閃耀著金光，那正是，那正是
在兩個多月前的火劫中消失的金頂！
（他們的說法是「保護性移除了……[01]」）
重新亮相，完整無缺，熠熠生輝如同熊熊燃燒，
似乎是，如此才能攝受心智。可能所有人
都會悄悄地揉揉眼睛，卻不敢吭聲。

獨自坐在與那金頂遙遙相對的三樓藏餐館，
周遭的五星紅旗獵獵飛揚，
與各處房頂上的塔覺[02]構成意味深長的畫面。
前座有幾個康區德格的僧人低聲交談，
其中一位突然大聲說：「查嘎波熱。」
配色為白，是這個意思嗎？
後座是幾個衛藏男子在問答：「考上公務員了嗎？」
「考上了。」「唉，沒考上。」

01　2018 年 2 月 22 日新華社報道〈大昭寺火災初步排除人為因素 釋迦牟尼
　　佛像完好無損〉中稱，「為防止通風室坍塌以及死灰復燃，保護性移除了
　　2013 年修覆的後殿金頂」。

02　塔覺：དར་ལྕོག 懸掛或系綁經幡的柱子或樹枝。

旁邊來了一對母女，靦腆的母親説老家是安多拉讓[03]，
上小學一年級的孩子反覆地、努力地念著漢語拼音：
「Liu 綠 -Ye 野 -Xian 仙 -Zhong 蹤」。

不近不遠的群山之頂積雪不化，如同永恆的背景。
風吹來，風聲聽不見，聽得見的是每扇窗戶掛著的
各色鑲布[04]如波浪一般起伏的聲響，嘩啦啦，嘩啦啦⋯⋯
鳥飛過，從西頭的金頂穿過東頭的金頂，
一下子渾身金光，就像變成了火鳳凰，恰好兩隻⋯⋯
往下看，轉經的人流變得很慢、很慢，
仿佛承受著世事的艱難，我長長呼出一口氣。

起身離去，我穿著剛買的繡花藏靴，
左右腳不分的傳統式樣不太習慣，
不過也好，可以慎重地走著，留意地面的變化。
再也沒有比獨自行走更心安，因為無需給好人添麻煩，
而身後須臾不離的黑影，如同陰間鬼卒，會帶來恐懼。
等一等，就是這裡，走到這裡必須放慢腳步！
七年前，也是五月，五月二十七日的下午，

薯伯伯／攝

II. 火焰寺

那兩個帥氣的安多男孩，達吉和多杰才旦[05]，
正是在這條轉經道的盡頭，將青春的肉體點燃，
那兩簇火紅的烈焰，那兩團升向空中的煙霧啊，
已被迅速地忘卻，忘卻⋯⋯

啊，金頂後面的金頂本來是甚麼樣的？
祖拉康後面的祖拉康本來是甚麼樣的？
拉薩後面的拉薩本來是甚麼樣的？
愈走愈是暗自了然：這座寺院是不真實的，
這座城市是不真實的，再也沒有比這裡更不真實的所在了。
作為一個依憑良心默默地收集灰燼的人，
多麼地徒勞，多麼地並不徒勞。

2018-5-7

05　達吉和多杰才旦：達吉， དར་རྒྱས། 今四川省阿壩藏族羌族自治州阿壩縣求吉
　　瑪鄉人。多杰才旦，རྡོ་རྗེ་ཚེ་བརྟན། 今甘肅省甘南藏族自治州夏河縣博拉鄉人。
　　他倆在拉薩一家藏餐館打工，2012 年 5 月 27 日下午兩點多，在大昭寺與對
　　面的八廓派出所之間的帕廓轉經道上以自焚的方式表達抗議，犧牲，年僅
　　二十五歲及十九歲。

唯色／摄

63

II. 火焰寺

那一天仿佛沒了……

那一天仿佛沒了，
那一天，二月十七日，
再也找不到了，
像是被抹掉了。

那天明明大火在東邊的夜空燃燒，
那天明明人們在泣不成聲地呼喊我佛，
那天明明各種傳言在滿世界地飛，
那天明明墜入深淵。

但那天在那天就沒有了，
於是人們都失憶了，
接著人們都失語了，
偶爾有人嘟囔幾句，還沒聽清
又被他自己吞了下去。

一日長於百年，
一日短於瞬間，
更長的是文字或祈禱，
更短的是壽命或那些魚水之歡……

拉薩烈日下

有人説，長得像盤旋在這個城市上空的
陰影久久不散，有著令人窒息的魔力；
短得像那場火劫，所有人都看見了，
所有人都看不見了。

我很想找回那一天，
把那一天銘刻在心上，
把那一天響亮地説出口，
但這樣就會有兩個時間，
一個隱藏，
一個顯著，
似乎並行不悖，
似乎水火不容。

2018-6-5

在覺康，面向曾焚身的覺沃佛……

在覺康，面向曾焚身的覺沃佛，
眾聲訇然響起。那四句人人會念的
禱詞[01]，猶如低回的合唱祈求實現。
更長的祝禱文，由一位青年男子
捧經誦讀，也多次提及一個尊名。

各種敬供源源不絕。根敦群培[02]說過，
若真心敬供，就獻出自己所喜樂的。
（傳言中，他將放棄自我的酒奉上）
我在出門前，挑選了一條上乘的哈達，
又在路上買了三支黃色的色金梅朵[03]。

一群邊地族人風塵僕僕而至，
舉著上金的銅碗，扛著大袋的青稞，
還捧著一個渾圓、厚實、碩大的面餅，

01　即尊者達賴喇嘛長壽祈請文：雪山綿延環繞的淨土，一切利樂事業之緣源，
　　丹增嘉措慈悲觀世音，願其足蓮恒久駐百劫。

02　根敦群培：དགེ་འདུན་ཆོས་འཕེལ（1903 年－1951 年），安多熱貢人，是現代圖伯
　　特史上集佛門奇僧、史學家、藝術家、地理學家於一身的傑出人物，更是
　　一位民族主義者，一生論著達三十餘部，另有繪畫等。

03　色金梅朵：མེ་ཏོག་སེར་ཆེན། 黃色菊花。

那是有名的安多郭勒[04]，應是眾位賢惠婦女的
默契合作，才會烘焙得如此完美。

穿制服的保安卻將供上去的面餅
拿了過來：「你們帶走吧，加持過了。」
他用力地，把餅子掰成幾大塊，
塞給了不知所措的眾人。
我悄悄地看著身旁的老婦人，

她懷抱被退回的可能是她親手做的餅子，
凝視著取下所有華美裝飾的赤裸佛陀，
反覆地誦念著嘉瓦仁波切千諾[05]。
我好像聞到了當地面粉的香味，不再翕動嘴唇，
而有了清晰地、大聲地，說出尊者名號的勇氣。

2018-7-5

04　安多郭勒：ཨ་མདོ་གོ་རེ། 指安多地區做的一種面餅。

05　嘉瓦仁波切千諾：རྒྱལ་བ་རིན་པོ་ཆེ་མཁྱེན་ནོ། 祈禱詞。意即達賴喇嘛遍知，達賴喇嘛
　　護佑。

你說凌晨三點的帕廓空無一人

你[01]說凌晨三點的帕廓[02]空無一人，
除了你，一個孤獨的靈魂緩緩地繞行著。
雨在下，如同以往每個短暫的夏季，
會把沖洗秘密的雨水交予黑夜。
大致圓形的街道在密布的目光下鋪開，
嶄新的石板「已經毫無時間的痕跡」，
你年輕的臉上是否有淚水滑落？
而你眼前仍燃著數月前那驚世駭俗的火光。

回到那個寒夜，起先各種聲音訇響：
驚呼，哀鳴，慟哭……交織著猶如慣性
實則可能出於惰性便會脫口而出的祈禱，
包括小巷裡慌不擇路的大狗小狗。
火焰遲遲不滅，焦煙隨風飄拂，
似乎吹入了每一戶人家每一個角落，
留下餘燼的味道迄今不散，
但已鴉雀無聲，空洞的雙眼，空洞的內心。

01　這首詩是因一位年輕藏人 7 月 17 日的微信而寫。他以圖片和文字紀念了 2
　　月 17 日的大昭寺火災。詩中所引述的話為他所寫。

02　帕廓：བར་སྐོར། 拉薩老城環繞大昭寺的中圈轉經道。

拉薩烈日下

薯伯伯／攝

II. 火焰寺

其實我們都在現場，相距不遠，被烈焰灼傷，
此刻重返，痛楚的目光始終凝視著那裡。
顯然他們擅長抹煞記憶的法術，
更擅長翻雲覆雨之間以偽亂真，真偽混雜，
以及，對，甚麼都沒有發生過！
這盛世，如其所願，而「美好生活的花露水
在每次被現實叮咬過後噴一噴，忘卻了一切⋯⋯」
然而當你低語，也即是銘記和言說。

2018-7-19

拉薩烈日下

果然忘性大於記憶……

果然忘性大於記憶，
僅僅八個月，幾乎無人再談起那場大火。
當我再次走入恢復原樣的覺康，
聞不到絲毫焚燒的氣味，各種供品的味道更加濃烈，
至尊之像亦如事發之前一樣豐滿甚至更加豐滿，
這與每天不停地、反覆地上金有關。
看上去像純金打造的華蓋過於嶄新，
畢竟不是原物，未經數百年的香火熏染，
周遭亭亭玉立的菩薩們微笑如常，
似乎就地轉世瞬間便可完成。
一位面熟的僧人打斷我的問話，
以平靜的表情平靜的聲音說「囊達敏杜」[01]，
「沒有出過事嗎？」反倒是我不平靜，
而他再多的一句話也不肯說了。

或許我應該繼續講述吱吱[02]的故事，
而不是潛藏於從四面八方湧入的現代交通工具中，
悄然而至的，接踵而至的，漢語所稱的老鼠。

---

01 囊達敏杜：སྐྱོན་དག་མི་འདུག 沒事、沒關係、沒問題。
02 吱吱：ཅི་ཙི། 老鼠。

那些本地的吱吱，拇指長，灰白色，小眼睛很亮，
往昔在含笑的白拉姆像前跑來跑去，
啄食著銅質器皿裡供放的青稞，
但早已被在此安營紮寨的老鼠咬死殆盡。
我曾在這裡目睹過驚人的一幕：
一隻隻黑色的、碩大的老鼠揮舞著尾巴，
怒呲著尖利的牙齒，公然地在各個佛殿馳騁著，
使朝聖者紛紛閃開，就像生怕被一口咬住……
對了，造成火劫的元兇，會是這些壞傢夥麼？
還是另有肇因，卻不可告人？
還是……著過火麼？真的著過火麼？

是不是除了日日上金，更迫切的是重塑記憶？
金光燦爛的覺沃佛無欲無求，反而是無數的
需要覺沃佛護佑的俗人爭相付出各種獻供，
似乎如此這般，雙面人的生活才不致失去平衡，
才不致吃不下睡不著，這是多麼地啼笑皆非。

2018-9-6

那個殿，贊普松贊干布殿……

那個殿，贊普松贊干布殿，圖莫拉康[01]，
小小的一間，卻比無價之寶還珍貴。
傳統上朝拜所有佛殿之後須來此，
如同完美儀軌的最後一環不可忽略，
否則如同為人有缺陷。

不僅僅向贊普及眷屬諸像合十，
更要向位於正中的，那渾圓的、粗壯的、絳紅的
原木柱子許願，才算圓滿，才會有響應。
傳說中那是祖拉康初建時所立，
約有一千兩百多年的歷史。
就像這樣：將蒙塵的額頭，
觸碰這凝聚了無數願力的柱子，
重點在於，須將之前所許的心願重覆一遍，
不可遺漏或忘卻。

這個強化記憶的傳統始於何時？
或許很久，或許並不長久，

01　圖莫拉康：ཐུགས་རྗེ་ལྷ་ཁང་། 大昭寺一樓右側的贊普松贊干布殿。

與毛澤東的「破四舊」[02] 有關，
魔性十足的紅衛兵和革命群眾湧入寺院，
那才是真正的「打砸搶燒」。
而這個易被忽略的小殿，
因堆放佛具、雜物而躲過一劫，
因倖存而獲尊崇，
那猶如中流砥柱的柱子，
據世代相傳的授記，實則在其下面，
埋藏著「我佛如來的舍利伏藏」[03]，
此功德「可阻止異教邪說」的繁衍……

我只有一個願望，祈求尊者健康長壽。
以額碰柱，卻像是撞在堅硬的石頭上，
隱隱地疼。當我抬頭，看見排在前面的
是一個被鄉村老婦背著的嬰孩，
正竭力地回首，雙目清澈如水。
我伸手把他小小的、純潔的額頭扳過來，
跟這個神力永存的柱子輕觸一下，
他很乖很順從，但不知許了甚麼願。

2018-9-7

02　破四舊：文化大革命術語。所謂「四舊」指舊思想、舊文化、舊風俗、舊習慣。毛澤東認為，不破不立，破舊才能立新。於是就有了「破四舊」和「立四新」，而「四新」，意味著共產黨代表的一切。

03　引（印度）阿底峽《柱間史——松贊干布的遺訓》，盧亞軍譯。

其實我並不強大，一如那年在祖拉康……

其實我並不強大，一如那年在祖拉康
遇見僧伽中的他，正巧是薩嘎達瓦[01]的第一天。
他的手印多麼優美，他的微笑如同允諾，
使我生起避難的願望。那時候我覺得苦，
失去了父親覺得非常苦……幾天後，他
以額輕觸我的額，離苦得樂的感覺油然而生。

但在第二十一個薩嘎達瓦來臨的時候，
他，上師，仁波切，以委婉的方式放棄了我……
這被放棄的痛啊！這些日子，一旦獨處，就會發作。
我理解那陰影下的恐懼，有一種叫「連坐」，
可還是覺得很難過，幾乎懷疑起人生來了。不，
我不該這樣，他也是一個需要避難的人，
受困此地，無法給予我更多的庇護。

想起那年他蒙受冤屈，在數十日的囚禁中，

01　薩嘎達瓦：ས་ག་ཟླ་བ། 藏曆四月即藏曆星象二十八星宿之一氐宿出現的月份，
　　在圖伯特天文曆算中稱「薩嘎達瓦」，鑑於此月與佛陀釋迦牟尼所實踐的
　　佛教事業相關，被認為在此月「行一善事，有行萬善之功德」，包括：持戒、
　　守齋、獻供、轉經、禮拜、布施、放生。藏曆四月十五日最重要，被視為
　　是化身佛釋迦牟尼誕辰、成道和圓寂的日子。

用饅頭和窗外黃色的花朵做了一串念珠，
出獄後，贈予我這個當時他最器重的弟子。
後來我帶到帝國的首都，供於小小的佛龕，時時敬拜。
但有一天，黃色的棉線一觸即斷，一百零八粒珠子
雖然未失一粒，卻如某種預兆多麼悲傷。

應該將那斷了線猶如斷了因緣的念珠還給他，
這是我必須盡快要做的事情，既是某種放下，
也意味著終究還得各自尋找避難之處。

2018-9-13

拉薩烈日下

似乎經歷了那時間的人已「無力快樂」

似乎經歷了那時間的人已「無力快樂」，
我指的是十年前的三月之變，
甚至更長，或者更短——
比如七個月前，因一場大火痛哭一夜。

但我不記得是誰説過「無力快樂」，
當然不是説從此不能快樂，
而是不那麼充分了，
就像倉促一瞬間，
失去了某種資格，
便在快樂的同時心有愧意。

2018-9-15

唯色／摄

拉薩烈日下

去祖拉康拜佛變成了一個匆忙的儀式

去祖拉康拜佛變成了一個匆忙的儀式，
但無法不匆忙，整個佛殿回響著催促之聲：
「快走！快走！快走！」
僧侶催，保安催，消防士兵和武警、特警催，
除了悠哉悠哉的遊客似乎自帶特權不加理睬，
更多的，從上阿里三圍、中衛藏四如、下多康六崗 [01]
須憑證件 [02] 才能來到這裡的男女老少，不由得慌慌張張地，
匆匆排隊，匆匆磕頭，匆匆祈禱，
匆匆地將哈達、金錢及各種供品放下，
匆匆地，依依不捨地離去，
甚至來不及看清覺沃佛的神情，原本

需要專注地凝視，而祂或微笑，或憂傷，
或似乎慍怒，或莫測高深……

---

01   上阿里三圍、中衛藏四如、下多康六崗： སྟོད་མངའ་རིས་སྐོར་གསུམ་ དབུས་གཙང་ར་བཞི་ མདོ་
     ཁམས་སྒང་དྲུག，此為圖伯特傳統地理觀念，由高至低，分為上、中、下三大區域，
     分布在現如今行政區劃的甘肅省、青海省、四川省、雲南省的藏地，以及
     西藏自治區。

02   各地藏人進入拉薩須辦特別證件，要將身份證交予警察，換得在拉薩期間
     使用的證件，有時間限制。各藏區在拉薩設有辦事處，負責登記、安排來
     拉薩的藏人。這個政策與近年來藏人的自焚抗議有關。但中國各地的漢人
     等無須辦。

據說每個人看見的都不一樣，

預示著每個人各不一樣的命運。

曾經多麼幸運，允許朝聖者從容地觀見，

像跟地位崇高的長輩在一起，

尊敬有加，親密無間，既可傾吐心聲，

又不會打擾太多……那是一個春寒料峭的傍晚，

我第一次把額頭放在覺沃佛盤坐的膝上，

漂泊者終於回家的感覺漫上心頭，忍不住失聲哭泣，

卻聽得旁邊的僧人說：「這個加姆 03 真可憐。」

以後再去很少哭泣，如被牽引的次數無法計算，

撥動囊廓 04 路上的三百零八個轉經筒，

跟已熟悉的古修啦 05 互道吉祥如意，

洛薩 06 前夕，要向鮮花叢中的尊者法座頂禮，

要聽祈願法會那悠長且多聲部的誦唱，

要等從廚房奔來的扎巴 07 把熱氣騰騰的、拌有酥油、蕨麻

和葡萄乾的米飯，用大木勺扣在伸出的手心里，好吃極了……

舉著酥油燈的拉薩人，無論男女皆都溫良謙恭，

03　加姆：ཟ་མོ། 漢人女子。

04　囊廓：ནང་སྐོར། 環繞寺院的內圈轉經道。

05　古修啦：སྐུ་ཞབགས། 先生，現在一般指僧侶，後綴加「啦」以示尊敬。

06　洛薩：ལོ་གསར། 藏曆新年，從前一年的藏曆 12 月 29 日至來年的藏曆 1 月 16 日，
　　有各類慶祝活動。

07　扎巴：གྲ་པ། 沙彌。

拉薩烈日下

洛嘎 [08] 和日喀則的農民握著零錢，拘謹，謙卑，
安多和康的牧人穿著厚厚的羊皮袍，
捧著哈達和最好的酥油，一個傾身挨著一個，
就像草原上，夕陽西下，羊兒歸圈，
牧人會將它們的犄角相交，挨著擠奶……

請多給我一些時間吧，容我像那指針，
盡量緩緩地，經過一間間佛殿，不時地
合十、躬身，向金燦燦的塑像致以問候。
實則內心糾結，在那個火焰熊熊的冬夜，
象徵諸佛菩薩的眾多塑像如何捱過？
高溫下，尊容的貼金是否熔化？
像淚水，不盡地流淌。當我即將離去時，
正午的陽光自頭頂那些密集的格子窗戶射來，
斜斜地，匯聚成多束光線落在大殿裡的修習長墊上，
一排排，空蕩蕩，除了一座座堆成人形的絳紅大氅，
明亮的愈加明亮，幽暗的愈加幽暗，
似乎沒有中間地帶，但真相恰在其中。

2018-10-10

08　洛嘎：ལྷོ་ཁ། 指今西藏自治區山南地區。

拉薩烈日下

III. 廢墟前

堯西達孜的蜘蛛

那天下午陽光猛烈
照耀在一張張平凡的臉上
臉是金色的，如被點石成金，變得異常寶貴

走過江蘇路。是的，拉薩南面的江蘇路
這違和感十足的命名，本不屬於這裡，你懂的
我比他倆年長，是個頭矮小的阿佳[01]
我們說藏語。兼說漢語和英語，但我只會漢語和藏語
身後有人尾隨。幾個人？
就像甩不掉的尾巴，拐角處的獐頭鼠目
被吞噬了小心肝的可憐蟲
路邊樹蔭下，散坐著開店的外地人，臉上無光
所談論的，與生意有關，便添了幾分焦躁

走過北京中路，這座聖城早已嵌滿類似命名
就像一個個占領，誰都不足為奇，習以為常
陽光啊金色的陽光，將身影長長地投射在地面的花磚上
將掛在高處的、各處的攝像頭，投射在我們的身上、

01　阿佳：ཨ་ཅག　姐姐。

所有人的身上……似乎脊背發涼，但管他呢
我不願回頭張望，或停止不前
大步走著，咧嘴笑著，我們都很帥
珍惜這貌似自由的時刻，爭相嘆道：「好幸福！」

徑直右拐：這是第幾回看見堯西達孜 [02]？
依尊者家族冠名的府邸，六十多年前建成，一半已成廢墟
不過我不想複述歷史：最初的歡聚，迅速降至的無常
包括被迫棄之，飲泣而走，被外人霸占：穿綠衣的、
穿藍衣的，各色人等乃餓鬼投胎，寄居蟹的化身
如今，舊時的林苑，成了停車場、川菜館、大商場
主樓與外院多處坍塌，幾乎沒有完好的窗戶
有一次，我們站在商場頂層，居高臨下
驚訝於它像無法愈合的傷疤
驚訝於它原來離頗章布達拉，這麼近，這麼近
含淚自責：無能為力的廢物啊

02　堯西達孜：ཡབ་གཞིས་སྟག་འཚེར། 十四世達賴喇嘛的家族之名，依傳統也是房名。
又寫亞溪達孜府。又名堅斯廈。1939 年，隨四歲的尊者因被尋訪為十三世
達賴喇嘛的轉世而去往圖伯特首府拉薩，尊者家族從安多達孜（今青海省
平安縣紅崖村）遷至拉薩，政府專門建造宅邸，於 1941 年落成，位於布達
拉宮東側。1959 年尊者達賴喇嘛及政府官員出逃拉薩，流亡異國之後，堯
西達孜府邸被中共當局沒收，迄今先後有這些名稱：「二所」（西藏自治
區政府第二招待所）；「造總」總部（即文革中拉薩兩大造反派之一的據點，
專門接待來自中國各地的紅衛兵）；西藏大廈（後更名為「西藏明珠花園
酒店」）的職工宿舍；拉薩市級文物保護單位，位於拉薩市城關區北京中
路 31 號。2018 年 4 月被夷平，用鋼筋水泥重蓋一幢大屋，據說可能設成酒
店。

III. 廢墟前

步入空曠的外院：一半雜草、野花
一半停放自行車、摩托車，就像一個用處不大的倉庫
一對像是打工者的男女提著塑料袋擦身而過
四五頭漆黑而高大的獒犬，鎖在樓下的角落
僅能露出鋒利的牙齒、絕望的眼神，僅能發出無用的狂吠
它們屬於附近開飯館的四川老板，是他待價而沽的商品
數日後再次潛入，碰到他來餵食
擺出主人架勢，但虛張聲勢的驅逐並未生效
就叫來穿保安制服的男子，是年輕的憨厚藏人
我便用藏語反問：「誰才是這裡真正的主人？」
令他無措，呐呐不成句

從遍地垃圾的底層上樓
屏息穿過裂縫交錯的回廊
幾排當年購自印度的鐵欄杆雖已生鏽卻還結實
連串的花紋與陽光下的倒影構成虛實不明的異域迷宮
憑欄環視，原本的白牆斑駁，黑色的窗框開裂
雕繪了神獸、祥雲與蓮花的簷頭，竭力支撐著架構房屋的朽木
而在十幾根柱子依次排列的陰暗大廳，亂扔著幾件劣質的辦公桌椅
應是被最後的搬遷者廢棄。幾束光線
自一排天窗斜射而入，塵埃飛舞，幻影幢幢
宛如昔日頭戴面具的僧侶緩緩跳起金剛法舞
我注意到靠近西北面的窗戶，由缺口如刀刃的玻璃
恰好望見頗章布達拉，似乎也能望見，當浩劫逼近，

拉薩烈日下

薯伯伯／攝

III. 廢墟前

憂慮中卻有擔當的尊貴青年：幼時與父母在一起叫拉木登珠
以神聖的方式認出是乘願再來的堅熱斯[03]即為丹增嘉措
但我一轉身，卻被柱子上懸掛的一面殘破鏡子所驚
那裡面，有一個無依無靠的自己，帶著渴望隱遁的神情
我不敢靠近，怕瞥見一九五九年三月的深夜一個個倉惶離去的身影
怕聽見在流亡中度過許多歲月的尊者以實修忍辱的聲音平靜地陳述：
「你的家、你的朋友和你的祖國倏忽全失……」[04]

會不會，我的前世恰在此處生息，經受了所有訣別？
會不會，曾經痛不欲生，卻又為苟活費盡心機？
陡然升起逃離的願望，但仍徘徊於布滿某種痕跡的房間：
有的牆上貼著舊日當紅的香港明星頭像
二十多年前的《西藏日報》有中共十四大的消息
一幅臨摹布達拉宮的印刷品破爛不堪
有的門上貼著中文寫的「福」和「新年大發」
長髯飄飄的中國門神右手持寶塔左手舉鐵錘
有的門已重換，用紅漆刷了兩個很大的中文：「辦 公」
有的門上貼著一張慘白封條，上書「二〇〇五年元月七日封」……
某個角落，一具骷髏狀的羊頭有一對空洞無物的眼眶
一對燒焦的羊角彎曲伸延著，像是曾經拼命呼救

03　堅熱斯：ཐུགས་རྗེ་གཟིགས། 觀世音菩薩，尊者達賴喇嘛被認為是觀世音菩薩的化身。

04　引（美）約翰・F・艾夫唐（John F. Avedon）《雪域境外流亡記》第 85 頁，
　　尊者達賴喇嘛語，尹建新譯，西藏人民出版社 1987 年出版，不久被禁。

唯色／攝

III. 廢墟前

某個角落，原本用阿嘎⁰⁵夯打的地面裂成塊狀

卻從泥土的地表長出一株小草，居然生機勃勃

另一處，扔著巴掌大的木塊，應從往昔華麗的柱頭脫落而墜

彩繪猶存，雕刻亦在，像老屋的縮影，我悄悄地放入背包

以繫在胸前的一粒綠松石⁰⁶為隱秘的指引

最終我命定般地遇見了它：特嗡母⁰⁷！

高懸在一扇傾頹的窗戶外那危險的半空中飄蕩著

受困於自己吐絲織成卻幾乎看不見的網上飄蕩著

它已成一具乾屍，如臨深淵：這一片的塌陷尤其慘烈

它是這裡唯一死亡的生命嗎？

它是這裡唯一存在的守護者嗎？

它不自量力的布局，是想捕捉不邀而至的惡魔嗎？

它像另一面鏡子，垂掛在我的眼前，逆光中骨骸漆黑

以某種掙扎的形狀，變成一個隱喻，我不敢觸碰，怕它瞬時消散

想當年，在此相伴共生的動物一定不只它一種

一定有貓，也有小小的灰色老鼠的眼睛閃閃發亮

05　阿嘎：ཨར་དཀར། 圖伯特特有的一種建築材料，風化的石灰巖或沙粘質巖類搗
　　成的粉末，一般用於建築物的房頂及地面。

06　綠松石：གཡུ། 又稱「魂石」，據曲杰・曲傑・南喀諾布（ཆོས་རྒྱལ་ནམ་མཁའི་ནོར་བུ་
　　Chögyal Namkhai Norbu）《苯教與西藏神話的起源——「仲」、「德烏」
　　和「苯」》（向紅笳、才讓太譯）：「根據藏族傳統，靈魂可指一個依處
　　或被擬人化為一件東西，如一塊寶石、一座山、一個湖泊等。」綠松石即「一
　　塊充任具誓神靈『依處』的魂石」。

07　特嗡母：སྡོམ། 蜘蛛。

拉薩烈日下

薯伯伯／攝

III. 廢墟前

一定有狗，那是拉薩特有的阿布索[08]，主人的寵物
在佛堂、客廳和睡房跑來跑去或安然入眠
而大狗，我指的是從牧場帶來的獒犬，與看門人呆在一起
在院子裡，在大門口，忠心耿耿，不容侵犯……

特嗡母，這是蜘蛛的藏語發音，「母」為輕聲，幾近於無
特嗡母噠[09]，這是蜘蛛網的藏語發音，「母」仍細微，如被吞咽
雖比其他眾生的生命力更頑強，更容易藏身他處而倖存
但也更容易孤獨無告地死於非命
畢生編織著「天生就像一座監禁宿敵的城堡」[10]之世間網
卻被自縛，難以自拔，恰似我們啊我們莫測的命運……

2017-7 月至 9 月，北京

08　阿布索：ཕུ་ས་ལྷ་སོག 拉薩獅子犬。

09　特嗡母噠：སྦོམ་གྱི་ད་ག། 蜘蛛網。

10　引曲杰·南喀諾布（ཆོས་རྒྱལ་ནམ་མཁའི་ནོར་བུ Chögyal Namkhai Norbu ）《苯教與
　　西藏神話的起源——「仲」、「德烏」和「苯」》，向紅茄、才讓太譯。

拉薩烈日下

那正被夷平的場景撲面而來

那正被夷平的場景撲面而來，
那四月正午的逆光刺痛雙目！
我脫口而出，更似歉疚：
「堯西達孜！這難道是我的記錄所致？」

如果我不寫這些年的半廢墟狀態，
如果我不寫近六十年的種種淪落——
那從槍管中催生的毀滅無休無止，
權力的寸光鼠目或許不會留意到。

被狂妄者惦記是可怕的，
他會用快速的障眼法來改變此處，
占據此處，一草一木也難逃厄運，
啊，那盛開在庭院裡的格桑梅朵[01]……

黃色的挖掘機緩緩地開過來開過去，
貪婪的鏟斗有節奏地挖著，
就像揮手抹去流沙，

01　格桑梅朵： སྐལ་བཟང་མེ་ཏོག 格桑花，圖伯特高原上常見野花，而今卻被命名為「張
　　大人花」，我在〈突然間，萬丈強光射向布達拉宮〉的註釋中有介紹。

正在抹掉所有舊日的痕跡。

他們來了一撥又一撥。最先穿黃綠色的
粗制軍裝，紛雜的口音，隨地吐痰。
接著是穿藍制服的。接著是戴紅袖章的⋯⋯
幾頭用於買賣的獒犬被拴在樓下悲鳴著。

我認識一個寫傳記的北京紅衛兵，
他曾與川流不息的各地革命青年，
把這裡當作戰鬥的堡壘，用釘了鐵掌的皮靴，
將精細研磨的阿嘎地面劃出道道創痕⋯⋯

堯西達孜，你已失去主人，遠在異國，
如今又失去故居的所有、一切，
包括一隻懸在窗外的蜘蛛乾屍，
我寫過一首長詩 02 啊關於它⋯⋯

全都灰飛煙滅了，當年用衛藏最好的
石木疊築的牆體、走廊、門楣、窗框⋯⋯
當年從印度運來的玻璃和鐵製欄杆，
鐫刻的異域花朵在鏽跡中依然盛開⋯⋯

02　即《堯西達孜的蜘蛛》。

薯伯伯／攝

III. 廢墟前

不會有了，那些精雕細琢的細節，那些
與傳統相關的細節，蘊藏其中的尊嚴
全被清除了，而他們日夜不停的動作，
既倉促，又粗鄙，又野蠻。

蛛網被扯斷時，那奄奄一息的蜘蛛有沒有痛？
牆角被推倒時，那竭力生長的小草有沒有痛？
懸掛的破鏡被摔裂時，那曾經映照過的身影
會不會一閃即逝，將痛感傳遞給我？

堯西達孜，我無法靠近你。站在這麼遠
又這麼近的高處，我曾見過的那麼多舊物，
如何從這瘡痍中得以辨別，並搶出幾件珍藏？
因這樣的妄想不能實現，我哀傷得彎下了身子。

想起遭遇陷害，久禁囹圄的嘎瑪桑珠 03，
曾以恭敬的手勢指著這尊貴的宅邸，
祈望有朝一日憑一己之力修復原貌，
此刻，眼前，這不遺餘力的搗毀是一種極刑。

2018-4-14

03　嘎瑪桑珠：སྐར་མ་བསམ་འགྲུབ།　全名如凱·嘎瑪桑珠。商人、收藏家、環保人、慈
　　善家，又稱「天珠王」，於 2010 年 1 月 3 日被捕，蒙冤下獄，被判刑十五年，
　　迄今關押在新疆沙雅監獄。

拉薩烈日下

愣在煥然一新的廢墟前……

愣在煥然一新的廢墟前，
不，廢墟已化為烏有，
替代物是一座仿若寺院的建築，
如同海市蜃樓的幻現，
更似將要派上用場的贗品。

似乎只有他們沒變，
像是長不大或停止了生長，
依然是多年前的跑來跑去，
依然是多年前的嘰嘰喳喳，
依然是多年前的好奇心按捺不住，
撲過來要我拍照，要看鏡頭裡的小夥伴。

我指著那邊說：廢墟呢？
你們知道那廢墟以前是寺院嗎？
知道那寺院怎麼成了廢墟嗎？
知道那廢墟又怎麼成了這貌似的寺院嗎？
我是如此急切，甚至連地上跑過去的狗，
半空中飛過去的鳥，也想一把抓住問幾句。

他們充耳不聞，竭力從我手中掙脫，

兀自玩耍，好像這裡原本就是遊樂場。
有幾個張開雙臂，繞著鏡面反光的太陽灶轉圈，
「我想拿這些金屬片做一隻翅膀⋯⋯」[01]
回憶與眼前重疊，受挫的內心漸漸平復，
是的，喜德林[02]的孩子們安慰了我。

啊，這些現世中的生命，其實我比他們
更了然眼前的新建築有著怎樣的過去，
須從贊普松贊干布向佛的時代說起，
之後的軼事糾結本土風雲，可以省略不提，
未料劫難降臨，漸漸殘缺，又被推倒重築，
其實有作惡者很深的用意⋯⋯

但在孩子們的眼中，我可能更像一個好奇的
觀光客，其中幾個，我多年前就見過，
那時候多麼頑皮，現在長成了少年，
稍微收斂了貪玩的習性，
卻對生於此地的變故，

---

01 2013 年夏天，藝術家艾未未在 Twitter 上看到我拍攝的喜德林廢墟照片，受
    廢墟前多個聚熱燒水的太陽竈啟發，讓我協助用新的太陽竈更換用舊的太
    陽竈，並用這些舊的太陽竈做了名為「斷翅」的作品。後來他在一個訪談
    中說：「⋯⋯我想拿這些金屬片做一隻翅膀，像羽毛一樣⋯⋯讓我遺憾的是，
    那座廢墟被拆掉了⋯⋯一段歷史就這麼沒了。」
02 喜德林： བདེ་ལེགས་གྲྭ་ཚང་། 又稱喜德扎倉，藏傳佛教格魯派在拉薩重要的經學院。
    毀於 1959 年的中共軍事鎮壓、1966 年文化大革命及之後的歲月。2016 年
    廢墟被拆除，重蓋仿寺院建築式樣的房子，據說可能設成「愛國主義」主
    題的展覽館。

拉薩烈日下

唯色／攝

似乎並不知情。

不過我知道的，比他們多得多又如何？
我知道的，比許多人多得多又如何？
我知道的再多，或許並不應該寫下來，
當我寫下喜德林的前世今生，
它就中了真理部的魔咒，
原地消失了。

2018-4-16

拉薩烈日下

堯西達孜突然間變成了大工地

堯西達孜突然間變成了大工地，
綠色塑料網將它完全遮蓋，
保安與便衣的嚴密封鎖，連本地人
都沒發現這七十多年的老房子已被拆光。

除非是在跟前或鄰近的高處，否則看不見
黃色吊車伸縮著長長的吊臂在挖掘，
幾輛卡車進進出出，
螞蟻似的工人忙碌著。

（我曾走入的那幢尊貴的府邸呢？）

近在咫尺的頗章布達拉沉默地
注視著這場變故，如同當年沉默地
注視著史上最悲慟之夜的匆匆逃亡。
一條不長的道路，原本從頗章東門穿過樹林與花園，
徑直通向世俗親人的家，青年尊者回來過，
住在三樓，慈母會烘烤他愛吃的安多帕勒 01，

01　安多帕勒：ཨ་མདོ་བག་ལེབ། 指安多地區做的一種面餅，厚且大。

頑皮的幼弟會撲向他的懷抱。

省略主人離去後這空房子的種種滄桑不提，
甚至一個多月前還是我見過的樣貌：
有破敗，有部分坍塌，然而結構猶在，雕梁畫柱猶在，
每天的陽光依舊照耀著由奇異的圖案拼接的鐵欄杆，
投射在地面、牆面的光影猶如壇城幻景，令人入迷，
竟已完全不復存在，此時此刻。

（我曾走入的那幢尊貴的府邸呢？）

猶豫再三，我還是想試試運氣，甩掉尾巴之後，
迅速地，從城市百貨商場的室外樓梯下去，
分分鐘站在那工地的入口處。
兩個漢人男女正在觀望，像是附近的小生意人。
我一邊拍攝一邊搭話，抑制不住地發笑，
因為他倆用四川話認真地對我說：「曉得不？
這裡以前是文成公主[02]住過的房子，幾千年了⋯⋯」

02　文成公主：公元七世紀唐國人，本是唐室遠支宗室女，於 640 年奉唐太宗
　　之命，以文成公主的名義和親吐蕃，成為君王松贊干布的五位王妃之一。
　　據記載她在吐蕃三十九年，至死未能回中原。最初十年，吐蕃沒有再對唐
　　朝用兵，但松贊干布去世後，吐蕃與唐的衝突不斷，說明和親是一種平息
　　兩國戰爭的手段，但如今卻被當成國家主權的證明，這是違背歷史事實的。

拉薩烈日下

唯色／攝

III. 廢墟前

無處不有的公主神話足以打敗歷史，與
據說將要在此修蓋的陳列館有一樣的神效。
「陳列甚麼呢？」我假扮無知的遊客。
「這就不曉得嘍，國家想陳列甚麼就陳列甚麼嘛。」

我被某種荒誕感吸引，忽略了突然出現的危險：
三個穿深色夾克的男子從拐角處直奔而來，
我毫無防備地將鏡頭移向他們。
「不准拍攝！立即刪除！」他們吼道。
「這不是文成公主住過的地方嗎？」我掩飾道。
「跟文成公主沒關係！」這一點倒是符合事實。

他們是我的族人，更是國家機器的螺絲釘，
被馴服的平庸催生了更多的惡，甚至猙獰地
要搶奪我的手機，或者「跟我們走」。
時間短促，若不服從，會有更多的麻煩，
我只好當面刪除長達五六分鐘的視頻
和多張圖片，惶然離去……

（我曾走入的那幢尊貴的府邸呢？）

2018-4-25

拉薩烈日下

我想重返廢墟之中但已枉然……

我想重返廢墟之中但已枉然，
我曾無數次走入的喜德林在哪裡？
我曾數次走入的堯西達孜在哪裡？
裝滿了悲歡離合的房間會這麼輕易地被推倒嗎？
迴蕩著笑聲與哭泣的庭院會這麼輕易地被覆蓋嗎？

面對過於嶄新的複製品，務必保持頭腦的清醒，
它們並不能阻擋傷痕累累的前世今生
在眼前閃回，在夢中閃現。請不要以假象
取代之前的每一個災難，文字與圖像
銘記了所有罪惡，包括子彈的痕跡。

從自主之地淪為無主之地，
從逐漸的坍塌，突然間，飛快地夷平，
這日益擁擠的地圖上遍布不應該的死亡與新生，
這背後有著怎樣的看不見的暴力？
又在改寫成甚麼樣的新篇章？

無主之地是不得不放棄之地，也是
鳩占鵲巢之地，在逆緣匯聚的時刻合而為一。
但因果必然流轉，請勿放棄信念與祈請，

真正的主人從來沒有真正地缺席過，
而我僅想以記錄來挽留未被摧毀前的風景。

而我寧肯把那些蓋在遺址上的贗品
看成是一種紀念物。但這是否意味著
轉念之後的默認？又一次的屈服？
就讓我重覆所有廢墟的名字，
盡力回溯所有廢墟的故事。

我承諾，要以文字復活它們，
是占領者的文字，從名義上的拉薩
分辨出另一個拉薩，如同某種考古。
無法歸零的不朽，桀驁不馴的存在，
無論往昔或今日，無論存在或喪失。

2018-5-23

拉薩烈日下

薯伯伯／攝

III. 廢墟前

似乎只有那幾根柱子是過去的……

似乎只有那幾根柱子是過去的，
粗獷的、褪色的、龜裂的柱子，
矗立在新蓋的仿若佛殿的門口，
如同充滿心機的提醒——

「我們做到了修舊如舊。」
然而更多的遺跡、殘骸呢？
我說的是那驚世之美猶存的壁畫，
有幅佛陀的頭像，眉心間似有個彈孔。

而不是文革時塗寫的毛澤東語錄：
「團結緊張，嚴肅活潑」。
也不是「改革開放」後亂七八糟的塗鴉，
包括色情小畫及「同志交友」的手機號碼……

我曾經寫過，喜德林已成羌過 01，
是拉薩最醒目的傷疤之一，
但如今看似已癒合，仿佛傷口從不存在，

01　羌過：ཞུད་གོག 廢墟。

唯色／攝

III. 廢墟前

這整容的手術多麼高超。

廢墟被拆光，就不是廢墟了嗎？
腐爛的臭味，會被水泥完全封閉嗎？
壞疽深入骨髓，無法妙手回天，
反而更快地潰爛，並感染周遭萬物。

光天化日之下，只要靠近，凝神，
那些窸窸窣窣的聲音如同呻吟和啜泣，
殘缺不全的大威德金剛 02 漸漸現形，
依靠斷牆，垂死掙扎，卻是你我業報的警示。

2018-6-9

02　大威德金剛： རྡོ་རྗེ་འཇིགས་བྱེད། 梵名 Yanmāntaka，藏語簡稱吉吉，文殊菩薩忿怒
　　相，也是喜德林寺供奉的本尊塑像。

堯西達孜的消失被我一點一點看見

堯西達孜的消失被我一點一點看見，
以致於每次的看見都是疼痛不已的日子。
從四月至七月，我特意探望的次數並不多，
別無他故，只為不願被尾隨者覺察到
我對這失主之地的痛惜。

最初的喪失發生於一九五九年三月十七日，
尊者的母親憶道（那年她五十八歲）：
「……完全沒有想到我會把所有東西都留下，
就這麼子然一身地到印度……我連和母親道別的
時間都沒有，沒有帶任何衣物就離開了。」[01]

之後的喪失是漫長的。陸續被更名為——
「二所」，西藏自治區政府第二招待所；
「造總」總部，文革中拉薩兩大造反派之一的據點；
然後是西藏大廈的職工宿舍及出租房……
外來者不邀自來，大救星的紅色語錄覆蓋佛堂。

---

01 引自《我子達賴：十四世達賴喇嘛母親口述自傳》，陽宗卓瑪著，麥慧芬譯，
雙月書屋，1998 年。

漸漸地，牆皮脫落，玻璃開裂，左側走廊塌陷，
如同在一個個暗夜遭到一場場並不意外的打擊，
然而結構仍在，還是當年的典範建築，
當陽光透過異域欄杆的圖案灑在殘損的阿嘎地面，
猶如良辰美景不可再來卻日日幻現。

最終是誰發出拆除的指令如同抹去罪惡的痕跡？
在暴雨將至的陰翳時刻，我站在鄰近商場的高處，
觀望著拔地而起的鋼筋水泥及背後的頗章布達拉，
以短暫的沉默舉行了一個憑弔的儀式，
它屬於被剝奪的應許之地應該記錄下來。

於是許願似的希望有一天，將一張放大的照片——
被夷平之前但已遭重創的堯西達孜，
贈與原本的主人，或流亡中不得歸的後代，
那是消失的家園，已不復存在的舊居，
自始至終，提醒著務必銘記的重要性。

2018-7-21

拉薩烈日下

IV. 泉水寺

甩不掉的尾巴

甩不掉的尾巴，
或遠或近的陰影，
（有次是個畫濃妝的女子）
在色拉寺的門口、拐角
及佛殿之間的小巷。

我突然回頭或轉身，
那迅速避閃的面孔
掠過詭異的笑意，
這次卻蒙面，
同樣若即若離。

知道，知道，
四周皆深淵，
淵藪沒有階梯[01]，
我只向菩薩吐露秘密，
祈求更多的勇氣。

01　（德）保羅·策蘭〈你臉四周〉（《暗蝕》，孟明譯）寫：「你臉四周皆深淵」，
　　「沒有階梯的淵藪」。

薯伯伯／攝

但腿腳不便的母親，
我不時須得攙扶著，
慢慢地走，而這
暴露了我的脆弱，
我的妥協。

2018-4-13

拉薩烈日下

唯色／攝

IV. 泉水寺

遙遙對面的那裡天色大變

遙遙對面的那裡天色大變，
正所謂玩骰子遊戲時念叨的諺語；
「尺 [01] 地方的雨跑得比馬還快，
色拉寺的僧人比山羊還頑皮。」

就想起一個春天的黃昏，
我們從色拉烏孜 [02] 下來，
它是一座山，
高而陡峭，長滿荊棘，
再過些日子就會開花結果，
山上有一些阿尼 [03] 修行的洞窟，
我們來不及一一拜訪，
但也奉上了由衷的尊敬。

站在洞口，拉薩幾乎盡收眼底，
有過牢獄之災的阿尼淡淡地說：

---

01 即 གྲིབ་ཚོགས་མ་བཟན་མཁན། རྣབ་པ་རེ་བ་ཏངས་མཁན། （發音為「尺恰翁波達呢覺，色拉查巴繞呢楚」），「尺」指的是拉薩南岸的尺覺林寺及周遭鄉村。

02 色拉烏孜：སེར་དཀྱི་རྩེ། 色拉寺背後最高的山頂。

03 阿尼：ཨ་ནེ། 出家為尼的女性。

拉薩烈日下

「夜裡燈火通明的拉薩，
眾生是那麼地不安……」

2018-5-30

坐在色拉寺甜茶館的樹蔭下

坐在色拉寺甜茶館的樹蔭下，
陽光分裂成各種形狀，
不是大塊，而是一片片，像花瓣的陰影，
有幾片落在詩集某頁的幾個詞匯上：
「列寧格勒」、「曼德爾斯塔姆」、「契卡 [01]」……

周遭各自圍聚的人們，
大多為朝佛的家庭，男女老少，心滿意足。
一個個來到人世間不久的嬰孩，
鼻尖上抹著祈福避邪的香灰，
那是救苦救難的菩薩許下的承諾。

飛來啄食的麻雀十分從容，
毫無驚弓之鳥的樣子，
我要了三磅甜茶、一碗很筋道的藏麵，
在拉薩住過的蘇州女子馬容說：
「這個麵必須站著吃，它是麵的骨氣。」

01　契卡：俄文的縮寫音譯，指蘇俄秘密警察。

十年前的圍捕[02]仿佛並未發生過，
那夜，在這裡學經五年的雲丹，
剛看完譯成安多方言的《勇敢的心》[03]，
拿槍的士兵就沖進了僧舍，他穿好袈裟，
以一個僧人的威儀走入黑暗中。

哦，今天怎麼沒見如影隨形的契卡呢？
身後那對喝著可樂的戀人，
正用藏語打情罵俏著……
或許我多疑，身負任務的並非他倆，
而在我將要繞寺環行的小路上等候著。

2018-6-18

02　指的是 2008 年 3 月 10 日起，在拉薩及全藏地發生的藏人抗議事件，隨即
　　遭當局以「平息騷亂」為名的鎮壓。包括色拉寺等諸多寺院有無數僧侶被
　　捕、驅逐、關押。

03　《勇敢的心》：梅爾‧吉布森（臺譯：梅爾吉勃遜）主演的美國好萊塢電
　　影《Braveheart》，根據 13 世紀末發生在蘇格蘭的真實事件改編而成，主人
　　公威廉‧華萊士是蘇格蘭的民族英雄。

是不是有幸得到上天眷顧的人

是不是有幸得到上天眷顧的人
總會被俗世放棄甚至唾棄？
就像太多死後才被追憶的天才。

是不是所謂的天賦其實意味著，
付出比勇氣更多的勤奮，毫無保留的虔信？
就像苦修者在狹小的山洞長年閉關。

在轉經路上給她的空杯傾入泉水的阿佳[01]，
不是人的肉身，而是神靈的示現吧，
感恩吧，我卻在星辰可見的夜空下，泣不成聲。

2018-6-19

01　阿佳：ཨ་ཅག 姐姐。

黃昏的色拉寺傳出僧侶擊掌的聲音

黃昏的色拉寺傳出僧侶擊掌的聲音，
那不是擊掌，而是被稱作辯經的課程。
我遠遠聽見討論佛法的嘈雜男聲中有個詞
很清晰：米達罷[01]，米達罷……
反反覆覆，這是無常的意思。

我想找到是誰在大聲地提醒著真理，
就走進那個長著幾株蔥蘢古樹的小院，
約有上百個穿絳紅袈裟的男子，
各各圍成有序的群落，互不干擾地發聲著，
但已聽不懂在說甚麼。

周圍散坐著圍觀的遊客，
一個面色蒼白的女子較有禮貌地讓我閃開，
她說要拍個全景。

後來，我在幾個用石塊疊的空法座後面，
坐了很久。

2018-6-20

01　米達罷： མི་རྟག་པ། 無常。

傍晚走過僧舍、佛殿、辯經場和白塔

傍晚走過僧舍、佛殿、辯經場和白塔，
走向左邊盛開野玫瑰的山谷間，
從那稀有的泉眼接聖水的人們在排隊，
穿過依次排列的大桶小桶，
我只要了一杯。

巨石上，那散落的、塗白的，畫成天梯的線條，
比光天化日之下更加顯著，
凝眸片刻，會覺得頭顱的頂端微微發熱。
我趕緊離去，仿佛畏懼靈魂出竅，
畢竟尚未做好準備。

忽然發覺戴在右耳的耳環沒有了，
是被上午朝拜過的那若卡居瑪 01 看上了嗎 02 ？
她是以象徵力量的火紅色的婀娜身姿，
引領眾生去往淨土的金剛瑜伽母，

---

01 那若卡居瑪，ནཱ་རོ་མཁའ་སྤྱོད་མ་ 漢譯金剛瑜伽母，是藏傳佛教中最具智慧與力量
的女性修行者，也是噶舉派、薩迦派及格魯派共修的女性本尊。她以三隻
眼睛凝視名為卡居瑪的淨土，並作出了引領眾生行走的姿態。

02 其實寫了這首詩的幾天後，耳環出現了，在床頭。但我猜想，或又可能是
那若卡居瑪送還也難說。

拉薩烈日下

薯伯伯／攝

她一定知道這是來自以色列的耳環，
手工製作，有著緊貼耳廓的弧度，
點綴著幾粒很像綠松石的彩石，
那是住在特拉維夫的丹鴻精心挑選的禮物，
多年前，她也在此處流連忘返。

好吧，就讓我奉上這獨一無二的美，
它銘刻著另一個族群流離遇合的史詩篇章。

2018-6-22

色拉寺在昨夜披上絳紅的羊毛大氅

色拉寺在昨夜披上絳紅的羊毛大氅，
當我走下石階，忍不住回頭一瞥，
似乎看見那像山谷一樣的層層皺褶裡，
若隱若現著歷年的變故和隱痛，比
滿天閃爍著或暗淡著的星辰更多，更

催人淚下。似乎聽見多聲部的誦唱響起，
是年齡不一的男聲，此起彼伏，由衷而發。
像祭祀的桑煙，初始濃烈，繼而
若有若無地飄向山巔。

盛開著或凋落著紫色花朵的荊棘漫山遍野，
一條小路，通向畫著一排排白色天梯的巨石，
如在引導人世間的靈魂免入歧路，
也通向另一塊巨石下的泉眼，
那緩緩湧出的清水帶來菩薩的祝福。

從早到晚，從這個城市各處來取水的眾生，
並未忘記在巖壁掛上哈達，
在洞穴邊奉上鮮花，
且都適可而止。

（藏語的「取水」，發音親切；
漢語説成「打水」，毫不客氣。）

我擰緊瓶蓋把泉水帶回家，
在今晨，傾入了佛像前的七個小銅碗。

2018-6-29

唯色／攝

等待的方式有很多……
——獻給嘉瓦仁波切八十三壽誕

等待的方式有很多，

一種是把您畫在佛殿外的牆上，

哪怕被幹部認出、報告，

畫上胡子，把您變成十三世的樣子，

但十三世也是您，

您是一世至十四世，

您是之前之後的每一世。

等待的方式有很多，

一種是守住倖存的每一座佛殿，

在空空蕩蕩的遺跡上，

堆積從山腳下背回的泥土和石塊，

重又蓋起跟往日一樣的僧舍、廚房，

堅信有一天您會重返故土，

隨您回來的眾僧將住滿往昔的康參[01]。

「我們一直在等、等、等，

01　康參：ཁམས་ཚན 是藏傳佛教寺院中依僧徒來源地區劃分而成的僧團單位，由老僧主持，若干個康參共同組成一個扎倉（僧院）。

唯色／攝

很多人在等待中去往了輪迴的長路……
我們的依怙主，原本有自己的宮殿、寺院，
有自己的人民、土地，這裡的一切屬於他，
每個人的今生和來世都屬於他。」
甜茶館裡，與您同齡的老人握著我的手，
用敬語低聲說著，眼裡全是淚。

「袞頓 ⁰²，拉薩見啊！」
是那個冬天，那個獨自去往菩提伽耶 ⁰³
領受時輪金剛灌頂的拉薩青年，
朝著緩步走來的絳紅色老人
合十高喊，熱淚奔湧。

還有一位安多青年，
將去西方的學府讀博士，
在手臂上刺了幾個藏文的數字，
那是尊者您提及的這一世的壽命之數。

2018-7-6
（尊者達賴喇嘛壽誕日）

02　袞頓： སྐུ་མདུན། 敬語，意為虔心呼喊即出現眼前，簡譯尊前或殿下，是對達賴
　　喇嘛的尊稱。

03　菩提伽耶：位於今印度比哈爾邦巴特那（Patna）城南約一百五十公里處，
　　是佛祖釋迦牟尼悟道成佛處，佛教四大聖地之一。

心照不宣地看見您的形象出現在一些牆壁上

心照不宣地看見您的形象出現在一些牆壁上，
年輕時候的，中年時候的，也有老年現在時候的，
戴眼鏡的，沒戴眼鏡的，以及
不變的法相：戴法帽的，結手印的，
總是微笑著，鄭重地出現在這樣的牆壁上——
佛殿外，那單獨的，但不大，像家裡的佛堂……

那不得不隱藏的尊容多麼重要，
借以傳統的繪畫，與諸佛本尊一同出現；
那不得不隱藏的尊名多麼重要，
借以悄聲的祈禱，與諸佛本尊一同出現——
才可能，既免於被習慣窺視的獐頭鼠目發現，
又始終並未離開故土，而一直在場。

我不會說出具體的方位，
我不說，也請你們守住這秘密，
不然會被操著母語的聲調、長著族人的臉，
卻墮入了下三道的孤魂野鬼，
不懼因果，敢於啟動除憶詛咒的模式，

在光天化日之下，抹掉或塗改您的形象……

2018-7-31

（藏曆六月十九，觀世音菩薩成道日）

以疾走的速度去往色拉寺的方向

以疾走的速度去往色拉寺的方向，
夜風吹來，所經之處傳出金屬的聲音，
細碎的，清脆的，更是輕微的。

路旁的草木明明是植物，怎會發出
仿若風鈴之聲？我佇步聆聽，
卻將早已或剛剛落下的樹葉踩碎，
聲如裂帛，又像撕紙，就想起母親的回憶：

「那是我生了你以後第一次出門，
從軍區後門到帕廓東邊的魯固 01 汽車站，
直到攝影站的一路上，過去存放在寺院裡的經書
扔得滿街都是，地上散著一頁又一頁，
比樹葉還多，走在上面，『嚓、嚓』地響。

我心裡還是害怕，覺得踩經書會造下罪業，
但地上全是，沒法不踩上，躲也躲不過。
人們怎麼連經書都敢踩？大車小車也碾過。

01　魯固： གྲུ་བཞི་ 地名，位於拉薩老城。

那時是秋天，風一吹，破碎的經書
就和樹葉一起漫天亂飛。」

漫天亂飛……似乎從來沒有止息過。

2018-9-17

V. 轉經時

薩嘎達瓦的傍晚適宜轉經……

薩嘎達瓦的傍晚適宜轉經，
這些轉經路如圓圈復圓圈，
林廓 01 是最大的圓圈，囊括半個城，
（另有繞山的轉經路已被改成三環路。）

前幾天走在林廓路上，
迎面過來一個臉色暗黑的男子很面熟，
其實我立刻就認出了他，
其步態有著體制內的苟且之狀。

而他似乎也認出了我，
神情驚訝，似在猶豫如何招呼。
但我決定不加理睬，
跟友人說笑著，與他擦肩而過。

我曾在十四年前寫的一首長詩 02 中

---

01 薩嘎達瓦：ས་ག་ཟླ་བ། 藏曆四月又稱佛月，藏曆四月十五日最重要，被視為是化身佛釋迦牟尼誕辰、成道和圓寂的日子，故在此月「行一善事，有行萬善之功德」。

02 長詩〈西藏的秘密──獻給獄中的丹增德勒仁波切、邦日仁波切和洛桑丹增〉，我於 2004 年 10 月寫於北京。

記載圖伯特 [03] 的良心，歷數圖伯特的秘密，
包括比糖衣和炮彈更容易摧毀一切的求生術，
也記錄了與這位算得上是熟人的一次接觸——

「一個新華社的記者，一個藏北牧人的後代，
在中秋之夜噴著滿口的酒氣，用黨的喉舌呵斥我：
『你以為你是誰？你以為你的揭露就會改變這一切嗎？
你知不知道我們才在改變一切？你搞甚麼亂？』」

我當時的確很震驚，捫心自問：
「我的確犯規了嗎？我想反駁，卻從他的嘴臉
看出走狗的兇相。而更多的人，更為嚴重的
搞亂，是不是足以被清除出局？」

夕陽下，街景披上了黃金般的色彩，
車流穿梭的十字路口，磕長頭的信徒行禮如儀。
我並不在乎芒刺在背，
我這個肇事者早已獲得自由之神的加持。

2018-5-15

03　圖伯特： མཚོ་སྔོན། 或 བོད། （TIBET），即漢語的西藏。按圖伯特傳統地理觀念，
　　由高至低，分上、中、下三大區域，包括上阿里三圍、中衛藏四如、下多
　　康六崗，分布在今行政區劃的甘肅省、青海省、四川省、雲南省的藏地，
　　以及西藏自治區。

拉薩烈日下

昨天在甲波日的瑪尼石上看見一個動物

昨天在甲波日[01] 的瑪尼石[02] 上看見一個動物，
四足，長尾，深棕色，模樣醜陋。
雖然認出是蜥蜴，也説得出漢語的俗名：四腳蛇，
還是有點害怕，它沿著用藏文刻成的心咒匍匐著，或疾或徐，
很像驚悚片中的怪獸似乎具有攻擊性。

打開 Google 找到了圖片和詞條，應該是這個：
「拉薩巖蜥，學名 Laudakia sacra，
為鬣蜥科巖蜥屬的爬行動物，
俗名喜山鬣蜥拉薩亞種、拉薩鬣蜥，
分布於西藏等地，一般生活於多罅隙及石礫的石山地區，
其生存的海拔範圍為三千至四千一百米……」

做過木匠的晉美啦認識它，説它叫藏巴卡熱[03]，
喜歡迎著陽光，張開嘴巴，久久地趴在巖石上
一動不動。據説它的飯是風，

01　甲波日：ལྕགས་པོ་རི། 漢譯藥王山，位於拉薩布達拉宮西南側，山背面的崖壁上刻滿大小佛像五千多尊，稱藥王山摩崖石刻，藏語稱「桑杰東固」。

02　瑪尼石：མ་ཎི་རྡོ་སྒྲུང་ས། 刻有佛經的石板或石塊。

03　藏巴卡熱：ཙང་པ་ཁ་རལ། 蜥蜴。

刮風的時候會張嘴，吃飽了就搖頭。
以前拉薩的巖山上多得很，
色拉寺背後的山坡上隨處可見，
但後來從外地來的人說它是中藥材，
抓抓抓，見到就抓，抓了就殺，
所以現在很少了，也就變得陌生而稀奇了。

2018-5-17

拉薩烈日下

薯伯伯／攝

那不規則圓圈的轉經道從這裡拐入一條小巷

那不規則圓圈的轉經道從這裡拐入一條小巷，
（背後是西藏軍區和自治區政府大院，
前面有甚麼？青藏、川藏公路紀念碑？
旁邊是吉曲河邊用水泥做的幾朵大蓮花？）
及至黃昏，以匆匆的步伐履行佛事的人影拖得很長，
快快撥動的一圈念珠投下的影子搖搖曳曳。
走三步磕一個長頭的善男信女發出頗具節奏的響聲，
一排士兵呆呆地看著，緊握的武器遮不住滿臉青春痘。

這是薩嘎達瓦的第四天，
抵達繪滿諸佛菩薩的彩色巖壁前，
聽到附近軍營傳出士兵受訓的廝殺聲，
也聽到從那座金字塔般且有金頂加蓋的經塔，
無數風鈴搖動的聲音多麼清脆。
天空碧藍，連一朵雲也沒有，情不自禁地，
懷念起那位名叫道登達瓦的雲遊僧，
確切地說，他是修持寧瑪教法的瑜伽士。

拉薩烈日下

唯色／攝

V. 轉經時

那年他帶著妻子、兒女和鄉鄰從曲麻萊[01]出發，
白天磕頭，晚上睡在帳篷裡，
漫長的朝聖路上，有人生病，有人生孩子，
兩年後才抵達拉薩，見到了微笑不語的覺沃佛。
他發願：「哪裡也不去了，我要在甲波日蓋個塔。」
整整十幾年，他坐在石頭上，風雨無阻，
如同古代的托缽僧那樣化緣，
如同經典中記載的成就者那樣賜予祝福。

布施者及受惠者都是他的同胞鄉親，善男信女，
哪怕一毛錢也畢恭畢敬地奉上。
積攢所有的供養，請工匠將佛陀的教言刻在石上，
當上百函甘珠爾[02]以一座塔的形式矗立於此，
仿佛聖城最初形成即矗立於此，
人人得到慰藉，他也如願以償。
我的意思是，他隨後圓寂，但世人知之甚少。

2018-5-18

01　曲麻萊：ཆུ་དམར་ལེབ་རྫོང་།　今中國行政區劃的青海省玉樹藏族自治州曲麻萊縣。

02　甘珠爾：བཀའ་འགྱུར།　是藏文大藏經的一部分，佛陀所説教法之總集。

林廓是一個與地理有關的名詞

林廓是一個與地理有關的名詞，
確切地說，具有宗教地理學的意義。
但與道路無關：道路或筆直或彎曲或坎坷，
有起點，有終點，兩點之間謂之路；
而林廓無始無終，隨處是起點，起點即終點。
只有中心，譬如祖拉康，譬如覺康，
超越現實世界的中心，那是循環上升的
某個所在，淨土或壇城。

若以如今的城市規劃來描述林廓，
如以六年前蓋的八廓商場為起點，
沿順時針方向或佛教徒的儀軌右繞：
即由林廓東路、東孜蘇路、林廓南路、
江蘇路、金珠東路、德吉路中段、
北京中路、林廓西路、林廓北路，
又至林廓東路⋯⋯囊括拉薩半個城，
至少十公里，這個藏曆四月我要每日走一圈。

這些用藏語和漢語命名的路上有甚麼？
車水馬龍？店鋪林立？以及黨和國家的各個單位？
從前的大片林苑已屬西藏軍區的「軍產」，

且被綿延的紅牆阻隔。另一邊的紅牆不可靠近，
因為裡面住著權力在握的大人物。
有些小寺或佛殿已不存在，
只有其中一小段尚存往昔的林廓樣貌：
那繪滿巖壁的千尊佛像，
那刻滿無數石板並疊砌成塔的整部大藏經，
那磕滿十萬遍長頭的男女修行者……

至於布滿沿途兩邊的警車、攝像頭，
那些綠衣人、黑衣人、藍衣人及雜衣人 [01]
猶如傾巢出動，個個嚴陣以待。
而年輕、精悍的綠衣人胸前所佩的紅色標識
寫著「野狼 3 號」或「野狼 XX 號」，
我飛快一瞥，盡收眼底，不太理解
這樣的代號，為的是富有戲劇效果，
還是將轉經者都視作獵物或敵人？

而那兩個不帶鄉土氣息的年輕女子，
每走三步，即五體投地一次，
磕長頭的裝束沾滿塵土，卻難掩美好體態，
當我遇見時，恰在紅塵滾滾的德吉路──
前面高懸一個又一個大紅燈籠，

01　所謂「綠衣人」指武警，「黑衣人」指特警，「藍衣人」指警察，「雜衣人」
　　指便衣。

左邊燈火通明，車輛川流不息，
右邊沿牆貼著「中國夢」的宣傳畫，
還有麻辣火鍋的味道及半裸濃妝女的四川話撲面而來。

2018-5-19

我鍾愛的桑杰東固多麼美，多麼稀罕

我鍾愛的桑杰東固 [01] 多麼美，多麼稀罕，
如果對面的軍營不傳出士兵的齊吼聲，
如果側面的警務站不滾動紅色的霓虹標語，
這裡就是寧靜一隅：數以千計的諸佛菩薩，
可以安撫無數有所求的眾生。

那麼餓鬼路過，會不會多少收斂？
必須警告他們：請降低貪欲熾烈的溫度，
請多少文雅一些。
然而咫尺以外即無比喧囂的人世間，
那不是人世間，而是無間獄。

2018 -5-20

01　桑杰東固：བསམ་རྣམས་སྟོང་སྐུ། 位於拉薩布達拉宮西南側，山背面的崖壁上刻滿大
　　小佛像五千多尊，漢語稱藥王山摩崖石刻。

素廚房夾在一個個葷飯館之間

素廚房夾在一個個葷飯館之間，
小小的門面，簡單且不多的桌椅，
勸人行善的藏文貼在牆上，
常常滿座，常常賣光，卻適可而止，
並未趁著薩嘎達瓦的良機拼命賺錢。

今晚我在滿壁佛畫前磕了一百零八個長頭，
心滿意足地來到相距不遠的這裡，
想吃一碗放了香菇末的藏麵，
來自日喀則的女孩帶有歉意地說：
「只剩下自家做的涼粉了。」

我要了兩碗，各加了一點辣椒醬，
差點被辣昏，對於我這麼能吃辣的人來說，
是少有的事，值得一提。也會有奇遇，

那晚進門就撞見的他其實等候良久。
我忘記吃了甚麼，近乎耳語的，全是種種恐懼。
匆匆告別後，各自被暗影尾隨，願他平安。

2018-5-21

北京時間七點半約為拉薩時間五點半
——致白吉

北京時間七點半約為拉薩時間五點半，
我和白吉，剛剛靠近桑杰東固，
突然大風來襲，夾雜著密集的雨點。

幾天前我們新換的紅綠鑲布，
在設於路邊的佛龕上方，猛烈地，像波浪翻捲著。
幾片遮擋風雨的玻璃，從繪滿佛畫的崖壁上掉落，

摔得粉碎。一個個盛滿藏紅花水的淨水碗
也被吹落，順著一節節石階滾動著，
發出法會上搖晃金剛鈴似的清越聲。

就笑著避閃著，
內心清楚地知道，
我們根本不會受傷。

2018-5-24

薯伯伯／攝

V. 轉經時

久久地站在甘珠爾經塔前……

久久地站在甘珠爾經塔前，
仰望著月亮升起，
默數著最圓滿、最明亮的日子，
薩嘎達瓦，藏曆四月十五，將在四天後來到。
啊，時光比月亮走得更快！
由佛陀的真言築成的美麗經塔，
比道登達瓦仁波切[01] 的壽命更長。
但也不一定，他必定是乘願再來的成就者，
一次又一次。下次是否會再蓋一座經塔，
在拉薩的某處，既是供奉更是鎮伏？

而我僅在這一世見過他，
就在這裡，多次見到他。
他身形高大，氣宇軒昂，
目光如今晚的月亮清澈、深邃。
他給我講過傳奇多於平常的身世，
包括世間的苦難和歡樂皆都領受，
也包括世間的庸人會曲解的奧秘聞所未聞。

01　〈那不規則的轉經道從這裡拐入一條小巷〉一詩中對他有介紹。

所以他説，如果你沒做好如何敍述的準備，
就先別寫，免生歧義，而遭詆毀。
可是正解猶如修行，對於我是何等困難，
以致於記憶越來越淡……或許，
殊勝的存在並不需要人人理解。

而今夜，兩隻高舉曼扎 ⁰² 的石獅子
披上了潔白的哈達，比平時更加神氣。
右邊的獅子戴上了眼鏡，是祈望它變得文質彬彬麼？
在一塊描繪了白度母的石板前，
供放著一碗滿滿的白米和青稞，
上面插著一顆上海大白兔奶糖，我喜歡這樣的細節，
也添了一顆在林廓東路的小店買的俄羅斯奶糖，
一包十五元，大約二三十粒，
我其實已經給沿途遇見的磕著等身長頭的人們，
無論男女，恭恭敬敬地奉上了。

2018-5-25

02　曼扎：ཨ་ཁུ། ད་ག་འུལ་བ་འོཛ། 藏傳佛教中常見的法器，象徵把整個宇宙縮小在上面，
　　加以實物，觀想而作供養，是密宗迅速積聚福德與智慧的巧妙方法。

拉薩烈日下

那是一頭金色的黑頭犛牛嗎？

那是一頭金色的黑頭犛牛嗎？
如果我像平時那樣轉經，目不斜視，
而不是忽然望向天空，就不會看見金犛牛。

金犛牛，在西藏軍區的上空，上空的上空，
因為大面積的藍，任何一朵雲都似乎觸手可及，
都似乎遙不可及，任何一朵雲都像是萬物的幻化。

於是我看見，那頭金色的黑頭犛牛，飛上了天，
像在急急地追趕跑在前面的難以辨識面目的小夥伴，
不，不，前面那位像大鵬金翅鳥呢，藏語叫瓊[01]。

它是山神雅拉香波[02]的坐騎嗎？然而那坐騎是白犛牛。
它是保護拉薩的班丹拉姆的諸多伴神中一位魔女的
坐騎嗎？然而那坐騎是黑色的野犛牛。

01　瓊：ཁྱུང། 藏人學者才讓太指出：「很多學者將 Khyung 譯成大鵬金翅鳥，這
　　樣的譯法容易理解，一目了然，但殊不知這個譯法是錯誤的，曾在《莊子‧
　　逍遙遊》等漢文古籍中出現的大鵬鳥……與產生於古代象雄……的 Khyung
　　鳥是兩個完全不同的文化特質」。（引曲杰‧南喀諾布《苯教與西藏神話
　　的起源──「仲」、「德烏」和「苯」》，向紅笳、才讓太譯）
02　雅拉香波：ཡར་ལྷ་ཤམ་པོ། 一座位於衛藏雅礱河谷的雪山，被視為崇高的山神。

（就像一首民歌所唱：「生有金剛角的巨大野犛牛，

如同天龍般強壯，如同雲朵般疾行……」）

它是忿怒相的大威德金剛的示現嗎？然而它長著水牛的頭。

畫過神靈坐騎的友人古靈精怪，用吳儂軟語的口音說：

「明明是頭白犛牛好不好，飛得太快，溫度太高，

結果把腦袋燒焦了，身子被火焰的餘溫烤成了金色……」

似乎真的有一場看不見的大火在空中燃燒，

當金犛牛追上大鵬金翅鳥，霎那間，形神俱散，

我愣在原地，動彈不得，如同被這樣的毀滅擊中。

2018-5-26

拉薩烈日下

薩嘎達瓦最後一日的傍晚
——致薯伯伯

薩嘎達瓦最後一日的傍晚，

我和阿剛去轉林廓，

（這麼說他，可能少有人知，

但說起開風轉咖啡館的薯伯伯[01]，

那簡直聞名遐邇。）

走到桑杰東固的巖壁前，

雨停了，滿壁彩繪的諸佛很清新，

地面如鏡一般閃亮，

空氣中有好聞的香味，

那是獻供的桑煙仍有餘燼。

我脫下雨衣，五體投地，

磕了十多個長頭，

比之前在這裡磕的數量少多了。

阿剛收起雨傘，仰頭看星星，

他有一個辨識星星的訣竅，

01　阿剛是網名薯伯伯或 Pazu Kong 的香港人,2007 年在拉薩開風轉咖啡館。許多來圖伯特旅行的香港人會慕名來這個別具一格的咖啡館。直至 2019 年因香港爆發「反送中」運動而不得不關門。薯伯伯是一位喜歡單槍匹馬走天下的旅行者和攝影師,所寫遊記、隨筆及照片發佈於社群媒體等,出版了《風轉西藏》、《北韓迷宮》、《西藏西人西事》及《不正常旅遊研究所》等著作。

與現代網絡技術有關。
而之前一直尾隨的便衣，
可能因為沒帶雨具，
已不見蹤影。
我們就數著星星，
繼續走未盡的轉經路，
一個是火星，
一個是木星，
一個是金星。

2018-6-14

拉薩烈日下

VI. 風 物 類

被擋住的那條小河兩邊⋯⋯

被擋住的那條小河兩邊平添兩條凌空大道，
凌空的大道由龐大的橋墩有序地支撐著，
龐大的橋墩塗畫成仿若佛殿裡的絳紅色柱子，
可是那向西奔流的小河呢？
小河上掛滿經幡的小橋呢？

記得那時我們從色拉寺拜佛歸來，
伏在小橋上看流水，
透過薄紗似的經幡看雲朵。
從我家至山腳的寺院之間，
除了這條小河，還有大片林苑，
雖然靠近寺院的部分改成軍營，
我們還是常常走過小橋去散步，
傍晚時分，聽得到僧侶誦經，也聽得到士兵嘶吼。

如今的視野，只能從違和的橋墩之間，
望見空空的展佛台及一些靜靜的佛殿和僧舍，
那飛駛著各種車輛的大道，
那橫空插入的姿勢，多麼粗暴。

2018-4-12

拉薩烈日下

這讓人噗哧一樂卻似乎有效的洗腦術啊

這讓人撲哧一樂卻似乎有效的洗腦術啊，正如那本書[01]裡寫的：
「……反覆在餵食前搖鈴，它們就會對鈴聲做出反應，分泌唾液。」
最終變成留聲機，「任憑主人擺布，把它們的唱針放在唱片上」。

「把它們的唱針放在唱片上」，
比如在這個改成了「愛國主義教育基地」的朗孜廈[02]，
數間陰森森的牢房，數個慘兮兮的塑像，一些簡陋的刑具，不足為奇。
從掛在牆上的幾個小小的擴音器，傳出三段類似新話[03]的普通話[04]：

「有的人懷著一線希望，
在牆上刻下了計算關押時間的符號，
但是一天一天，是多麼漫長的日子。」

---

01 即（英）多米尼克·斯垂特菲爾德（臺譯：多明尼克·史塔菲爾德 Dominic Streatfeild）《洗腦術：思想控制的荒唐史》，張孝鐸譯。

02 朗孜廈： ཉག་རྩེ་ཁང་ 原圖伯特政府甘丹頗章政權時的拉薩法院，第一層為監獄，第二層為辦公地，位於拉薩八廓北路的一座三層藏式建築，南面是大昭寺。現被設為「文物保護單位」和「愛國主義教育基地」。

03 新話：（英）喬治·奧威爾（臺譯：喬治·歐威爾 George Orwell）在小說《1984》（董樂山譯）中的「附錄：新話的原則」裡寫道：「新話的目的，不僅是要為英社的支持者提供一種適於他們的世界觀和智力習慣的表達手段，而且是要消除所有其他的思考模式。」

04 普通話：即漢語通用語，以北京語音為標準音。為區別中華民國政府所稱的「國語」，1955年中華人民共和國文字改革會議上將「國語」改稱為「普通話」。

「舊西藏有許多野蠻而殘酷的刑罰，這裡曾有不同的刑具，
實施剜眼、砍手、斷足、剝皮等酷刑。」

「這是朗孜廈唯一的一間辦公室，
負責向百姓徵稅、徵糧、徵差。」

配著單調的音樂，這三段普通話一直在循環、循環、循環，
起初讓人啞然失笑，因為情節大多虛構，聽久了就有點抓狂，
猶如並不鋒利的刀片，一直在鍥而不捨地，有節奏地，割著耳朵，
割著腦神經，割著靈魂……「把它們的唱針放在唱片上」。

離去時，門口有兩個小女孩抱著一本登記簿，在
替上廁所的母親值班。大的秀麗，臉頰紅彤彤，小的亦好看。
「藏族人不登記，漢族人登記」，女孩說的漢語幾乎不帶口音。
為甚麼？以此證明這項洗腦術的流量抑或影響力嗎？

對面是座佛殿，安置著一個巨大的、銅質的轉經筒，
裝有佛陀的無盡話語，人們以順時針方向推動著，碰撞出清亮的鈴聲。
遠處傳來報時聲，哦「四月間，天氣寒冷晴朗，鐘敲了十三下」[05]……

2018-4-15

05　引（英）喬治・奧威爾的小說《1984》第一句，董樂山譯。

VI. 風物類

附近有個軍營……

附近有個軍營，青壯男子的吼聲一早傳來。
連唱歌也是一種吼聲，
這些與人為敵的歌我從小就會。

附近還有個幼兒園，從這裡傳出的歌聲
那麼無邪，那麼無辜，一首首洗腦的歌啊，
讓我額手稱慶早早放棄生育。

這幾天還夾雜著電鑽聲和鎚擊聲，
與樓下陌生的鄰居有關，似要扼殺靈感和思想，
令人有些坐立不安。

到了夜裡，北京時間十點鐘，
當軍號聲，是的，那熟悉的軍號聲突兀響起，
我差點返回紅色接班人的童年。

2018-4-18

風轉是一個染上了拉薩氣質的咖啡館

風轉是一個染上了拉薩氣質的咖啡館，
是永遠少年卻自稱薯伯伯的咖啡館，
最近從十年之久的東邊搬到了西邊，
就變成了獅身鵬翅的異獸駕著祥雲，
與獠牙猛虎一起御風而轉。

2018-4-23

這些小巷裡的各種小店啊……

這些小巷裡的各種小店啊——

有的，把「五代領導人」[01] 的頭像模仿唐卡 [02] 的樣式，
與諸佛菩薩和法王噶瑪巴的照片，
重重疊疊地擠在一起。

有的，門口和牆上畫著張開的大嘴
和觸目驚心的壞牙齒，江湖郎中正俯身操作，
我很想沖進去將鑲金牙或補牙的邊地朝聖者救出……

有的，張貼著五顏六色的髮型圖片，
不消片刻，就能把一個個進城打工的鄉下藏人，
變成酷炫而土氣的殺馬特 [03]。

還有命名特別的小店，或與翻譯有關，這些我喜歡——
在拐角，那個「傳統威嚴裁縫室」自帶喜感，

01　五代領導人：中共政治術語，指毛澤東、鄧小平、江澤民、胡錦濤、習近平。

02　唐卡：ཐང་ཀ། 圖伯特傳統卷軸佛畫。

03　殺馬特：據介紹，這個詞是從英文單詞 SMART 音譯過來的中國流行語，流行於城市移民青年。外表上留著五顏六色的頭髮，畫濃妝，穿誇張的服裝，戴亂糟糟的首飾，喜歡自拍等等。

在路邊，「謙遜女」雜貨店的印度商品很豐富。

有一個「維色茶館」與我同名，必須合影。
有一個無名小店，一頭小小的雪山獅子塑像很稀罕，
必須把它帶回家。

2018-4-24

驚雷，閃電，冰雹……接踵而至

驚雷，閃電，冰雹……接踵而至。
但這一切先是在東邊發生，
西邊尚還晴朗，
頗章布達拉恰在中間，
準確地說，一半面臨雹擊，
一半仍舊平靜。

猶如幾十年前的某個時刻，
東邊已被占領，
西邊還在歌舞昇平。

2018-4-29

唯色／攝

拉薩烈日下

如果那藍綠色鬃毛的雪獅長了翅膀

如果那藍綠色鬃毛的雪獅長了翅膀，
那狂放得猶如利刃直插天空的翅膀，
那親切得猶如伏藏師獨有法器的翅膀，
會不會把追隨者送回廣袤的無主之地？
壇城就化作現實，我們就離苦得樂。

2018-5-4

拉薩烈日下

有一句從前在拉薩流行的俗語

有一句從前在拉薩流行的俗語，
大意是：尺地方 [01] 吃法會供品，屙屎在山上。
據說這一帶因山勢較陡，栽種及放牧不便，
人們生活貧窮，常常會在寺院法會結束後，
討要糌粑拌酥油的食子來吃。

俗語含有譏嘲，不帶惡意就是了。
如今這裡成了開發區，在燈火輝煌中，
模仿布達拉宮而建的文成公主劇場，
夜夜上演新編的、虛假的愛情戲，
把偉大的君王松贊干布說成了日夜渴慕大唐的花癡，
把他早就同四位王妃 [02] 居住的宮殿，說成了
專為那個無所不能的長安少女蓋的新房。

01　尺地方，指的是拉薩河南岸的村莊，因尺覺林寺而得名尺覺林或尺。

02　吐蕃（圖博）君王松贊干布有五個王妃，前三個是藏人：芒王國的王后墀嘉、
　　象雄王國的勒托曼妃、木雅王國的嘉姆增妃；然後是尼泊爾王國的墀尊公
　　主，唐國的文成公主。文成公主主要負責松贊干布生活起居，相當於侍者。
　　最早的吐蕃史料都把她排在五位王妃的最後一個。松贊干布與王後墀嘉生
　　有王子，延續吐蕃王統，與其餘四位王妃無子。

而她不得不泣別名義上的父王，遠赴番人 [03] 之地，

一路悲壯，沉浸在「人間皆是故鄉」[04] 的一統幻夢中——

當你無法表述自己，就會被別人表述 [05]。

一個劇場不夠，又一個劇場正在附近修建，

關於另一位和親女子金城公主 [06]，

可能會頌揚她如何生下了民族團結的結晶，

如何建功立業，催生了那塊著名的會盟碑 [07] 的樹立，

但肯定不會提及銘刻其上的這句名言——

「蕃於蕃國受安，漢亦漢國受樂。」

也肯定不會提及她曾切斷拉薩地脈，

引來天花橫行，自己也染疫而死。

03　番人：中國舊時對外族、原住民的歧視稱呼，指野蠻、不開化。在有關圖
　　伯特的中文書籍中，圖伯特人經常被稱為「番人」、「藏番」、「野番」、
　　「生番」等等。甚至連佛都成了「番佛」。

04　在文成公主劇場上演的音樂劇《文成公主》的一句台詞。

05　（美）愛德華 ·W·薩義德（臺譯：艾德華 ·薩伊德 Edward Wadie Said）在《東
　　方學》扉頁引用了馬克思的一句話：「他們無法表述自己；他們必須被別
　　人表述。」

06　金城公主：公元七到八世紀唐國人，本是唐室遠支宗室女，於 710 年奉唐
　　中宗之命，以金城公主的名義和親吐蕃，成為君王尺帶珠丹的王妃之一，
　　民間傳說生有一子。又據記載她因宮鬥而生恨，將連接布達拉宮所在的瑪
　　波日山和甲波日山的地脈切斷，為的是要破壞強盛吐蕃的風水，結果帶來
　　了瘟疫，而她也染疫致死。

07　即唐蕃（漢藏）會盟碑：གཙིགས་ལག་ཁང་མདུན་གྱི་རྡོ་རིངས་ 公元 823 年，藏漢雙方簽署
　　和約，樹碑，分別立在拉薩大昭寺前、長安和唐蕃交界處。西面（碑陽）
　　為漢文碑文，其中寫道：「今蕃漢二國所守見管本界，以東悉為大唐國疆，
　　已西盡是大蕃境土，彼此不為寇敵，不舉兵革，不相侵謀。……蕃於蕃國
　　受安，漢亦漢國受樂，茲乃合льその大業耳。依此盟誓，永久不得移易，然三
　　寶及諸賢聖日月星辰請為知證。」東面（碑陰）為藏文碑文。

唯色／攝

總之都是精心編排的戲，隨時為帝國所需增刪劇情，

好在漫長的歷史上只有這兩位冒牌公主抵達，

如果再多一兩個，尺地方就擠不下了，

朵瑪 [08] 也就不夠分了。

2018-5-6

08　朵瑪： གཏོར་མ། 糌粑和酥油做的供品，用於法會及宗教儀軌，漢語稱食子。

拉薩烈日下

這麼高的海拔，這麼懸殊的溫差

這麼高的海拔，令人從頭到腳，感受到異樣。
這麼懸殊的溫差，早晚冷得發抖，正午滲出汗珠。
不過我返回即適應，與高原反應絕緣，
這不是心理作用，真的是基因所致。

最近得知一個強大的基因庫在拉薩建立，
猜測所做的實驗與研究應該不是與過去有關，
而是與現在和將來有關。

會不會收集這些呢？又怎麼去收集呢？
據悉在新疆塔城，有關部門正在採集當地人的
生物特徵信息，如人像、指紋、虹膜、血樣……[01]

2018-5-9

---

01 「新疆塔城市人口精準登記 生物特徵信息採集人像、指紋、虹膜、血樣」
（https://www.chinaaid.net/2018/05/blog-post_31.html）

記得最早去宗角魯康……

記得最早去宗角魯康，癡迷於
那些奇形怪狀的樹：無比粗壯，虯結橫生，
貼著地面，蔓延著，螺旋狀地盤繞著，
上升著，似乎個個成了樹精。
漢語稱它「左旋柳」，
這倒是與本地人轉經禮佛的方向一樣，
也可以看成是巧合。

我曾以為這些樹會永遠旋轉地活著，
畢竟已經存活了幾百年。
「但現在，它們在哪裡？
而它們的命運，或跟人有關。」
我對自己說，因為又來到宗角魯康，
尋見有些樹依然存活，卻像劫後餘生，
多數蕩然無存，就像進了焚屍爐。
在環繞全城的轉經道上，
零星地，這裡有一棵，那裡有一棵，
依然無比粗壯，虯結橫生，從地面升向天空，
提醒我這樣的有心人，
沒有比這樣的倖存更悲慘。

拉薩烈日下

薯伯伯／攝

但在一個被偷走又重寫的故事裡，
倖存的古樹成了「民族團結」的象徵，
被說成是由那位點石成金的長安少女親手栽種。
換言之，假如以公主之名和親的她當年不來的話，
這雪域眾生，包括一棵樹，會永遠地
生活在一個不開化的野蠻之地，
肯定早已絕種，變成了化石，
巴扎嘿⁰¹！

2018-5-14

01　巴扎嘿：པ་ཀྱ་ཟི 語氣詞，沒有實際含義。這裡影射一首「西藏革命歌曲」〈北
　　京的金山上〉，其中唱到：「我們邁步走在社會主義幸福的大道上，哎，
　　巴扎嘿。」

拉薩烈日下

風不大也不小

風不大也不小，
風吹過來吹過去，
所謂四面來風，
所謂八風不動。
而房頂上的塔覺[01]，
五種顏色，迎風招展。

從我落座的位置上，
正好看不見房頂上更多的
大大小小的五星紅旗，
當然也在迎風招展，
但我此刻看不見，
太好了。

2018-5-28

01　塔覺：དར་ལྕོག 懸掛或繫綁經幡的柱子或樹枝。

鑒於春日的風沙瀰漫⋯⋯

鑒於春日的風沙彌漫，夏夜的綿綿細雨，
冬季漫長的冷天氣夾帶風雪，都説
不妨用現代的建築材料比如鋼化玻璃，
將這個位於城市北邊的七樓陽台密封。
可是我更需要無遮無擋的陽光照射，
一覽無餘的風景不被人為阻隔。

極目望去，我所見到的拉薩是甚麼樣的？
由於總是不肯放低視線或改換角度，
其結果就成了，愈往上的部分
愈被重覆地，卻不厭倦地看到，
愈往下的部分（當然是大部分），
也就有意無意地看不到了。

這是一種不願將就的選擇，
但這樣的執著是偏頗的。
這也是一種無視的遊戲，包括無視身後的影子，
無視遍布各處（可能就在樓上）的虎視眈眈。
如果不這樣，又能怎麼樣？
在這個被死死盯住的遊戲中，我是透明的，

也是脆弱的。我與窗戶上方那兩隻鴿子一樣，
透明又脆弱。我常常聽到它們的咕咕叫聲，
常常望著它們輕盈地朝頗章飛去，
如同飛向被毀滅的時光，又不時飛回，
是探視命運相似的我麼？就感激地
端來一碗米，卻好像並未吃過一粒。

一枝羽毛飄飄落下，黑白相間，
象徵人世間的無恥和無辜嗎？
我像拾起天謫之物，放在柔軟的羊毛墊子上，
次日不見，是被哪一隻鴿子叼走了嗎？
不是送給我的禮物嗎？還是說，
要將這些不堪忍受的羞辱悉數帶走？

2018-6-6

我目前還描述不了它們的全貌與本質

我目前還描述不了它們的全貌與本質，
因為有難度。是的，有難度。
我指的是遙遙相對的群山，
以向上生長的形式，與天邊的雲
構成了一種相互依生的關係。

山有疊嶂，似有遠近，
不像時聚時無的雲朵變幻無窮，
難以捕捉，無法靠攏。
但雲朵的力量會留在群山的身上，
再少的投影也有痕跡，
如同深含奧義的伏藏。

有時候，一朵雲降下的暴雨，
足以令高山移位。

我鍾愛的那座叫做朋巴日[01]的山，
看上去的確酷似一個寶瓶，

01　朋巴日： བུམ་པ་རི། 寶瓶山，拉薩周圍群山被喻為「八瓣蓮花」之一。

當大團大團的雲朵漸漸地籠罩其頂，
仿如寶瓶被打開，從中裊繞而出的，
會是被鎮伏已久的妖魔？

我喜歡這些幾乎不長樹木的山，
大氣，厚重，具有不可替代的歷史感，
恰恰與拉薩這個古老的地名相宜，
但也僅剩不多，鑒於如今盛行青山的假象，
沒有青山就要變成青山，這是權力的要求。

2018-6-13

微風吹來桂花的香味若有若無

微風吹來桂花的香味若有若無。
這棵放在陽台上的盆栽桂花樹，
是眼裡有著不羈光芒的央宗送的。
我深深地、不停地聞著，抬起頭，
遙遙相對的頗章隱匿在黑暗中。
先前被那麼明亮的燈光照耀著，
瞬間即熄，令人有些悵然，
不禁疑惑是否真的見過那兩道彩虹。

那樣的彩虹是在兩場雨後出現的，
漸漸清晰，愈來愈明耀，久久不散，
如同是對驚呆的眾生，或被懾服的眾生
施予的恩惠。我從自己的位置看去，
那外圈的一端自寶瓶山升起，
內圈格外艷麗，猶如烈焰噴射，
以至那山巔的米瓊日寺[01] 多麼燦爛，
啊，我那時若在這座小寺該多好。

01　米瓊日寺：�རི་ཕུང་རི། 位於拉薩北面山上的一座尼眾寺，始建於公元十二世紀，
　　文革中被毀，文革後重建。

有時奇跡就會這樣出其不意地出現，
這是芸芸眾生與其遭逢的短暫時刻：
有的人在自家隱居，偶然抬頭遇上的；
有的人在攘攘街頭匆匆行走，突然迎面遇上的；
有的人，正若有所思地，久久地徘徊在
數月前被燒毀的金頂旁，就如被擊中地遇上了；
有的人，哦那其實是多數人，背對著，
如同視而不見，永遠無法遇上。

我迷失其中，好像那是兩條通往夢想的橋，
一座不夠，尚攜帶往昔的陰影，
另一座似已擺脫記憶的糾纏，顯得無比純潔，
猶如將滿十八歲的妙果那美好的神采。
總之一道彩虹不足以令人神往，
兩道彩虹則被喻為雌雄相映的某種非凡存在，
在命定的時刻，剎那間照亮庸常、無趣的浮世，
無論如何，絕對不能得過且過地沉淪下去！

遠方，一個未曾謀面的族人低吟：
「金粉玉飾，掩藏不住空缺與荒蕪……」
但如果我呼喊：「快來看啊，天邊的那朵雲團
很像古汝仁波切 ⁰²，連倚在左臂的法杖，也明確無誤地

02　古汝仁波切： གུ་རུ་རིན་པོ་ཆེ། 蓮花生大士，藏傳佛教密宗宗師。公元八世紀從今
　　孟加拉來圖伯特弘揚佛法。「古汝」是梵語，意為上師。「仁波切」意為
　　珍貴之寶，藏人對轉世再來人間度化眾生的高級僧侶的尊稱。

散發著斷滅貪嗔癡的力量。」而你會不會奉上
一句珍貴的心咒？然後我們可以安心去睡了，
或也可能久久難以入眠，畢竟遇上了這個
屬於拉薩的雙虹之日，多麼地幸運。

2018-6-16

拉薩烈日下

山上是寺院，山下是刑場……

山上是寺院，山下是刑場；
山上的寺院是一座小小的尼眾寺，
有一個發音動聽的名字：米瓊日；
山下的刑場，直到三十多年前還在殺人，
如今雜草叢生，緊挨著一條彎彎曲曲的車道。

大約有五十多位尼師的小寺非常乾淨，
大約有九百多年的歷史並從蔡巴噶舉改為格魯[01]，
寺名說法各種，一種與鷂鷹有關，叼走某位高僧的
法器，放在東北面那樹木稀疏的山上，
於是建寺，位置極佳，拉薩一覽無餘。

但刑場的出現並不算久，原本就沒有
專門殺人的場地，無論以何種名義。
據記載，依據贊普松贊干布的「十善法」[02]，
自十四世紀中葉以後，全境廢除死刑。

---

01 蔡巴噶舉、格魯皆為藏傳佛教教派。蔡巴噶舉為噶舉派的一支，十二世紀
興盛，已消失。格魯教派於十四世紀創立，尊者達賴喇嘛即格魯派及藏傳
佛教領袖。

02 「十善法」：吐蕃（圖博）君王松贊干布依照佛家十善法而制定帝國的法
律體系，主要條文共二十條，於公元 629 年頒行，開吐蕃立法之先河。

「圖伯特是世界上廢除死刑制度最久的國家之一……」[03]

但當大恩人派來了軍隊，「殺人的刑場有了好幾處，
如色拉寺天葬台附近，獻多電廠旁邊的天葬台附近，
蔡公堂天葬台附近，古扎拘留所旁邊的天葬台附近，
北郊流沙河一帶……」[04] 然而我們經過的，
是哪一個刑場？有多少冤魂，仍哀哀呼告？

「在解放軍的槍聲中，一個個『反革命分子』
一頭栽倒在已草草挖就的坑中，
而後被蓋上塵土算是埋葬於泥土之下，
有的人甚至腳掌露在外面，
被野狗撕咬……」[05]

而她與小夥伴，放學後跑來撿子彈殼，
已是一九八〇年代的初期：
「我們遠遠地看到行刑場面和圍觀者，
走近卻沒見到屍體，好像是被警察拿走了，
滿地的血，奇怪那時候也不害怕。」

03　達賴喇嘛對於死刑的看法：https://www.taedp.org.tw/story/1553
04　引文革在西藏的歷史影像及其評述《殺劫》（唯色文字，澤仁多吉攝影），
　　台灣大塊文化出版。
05　同上。

拉薩烈日下

唯色／攝

VI. 風物類

山下殺人的時候，山上的阿尼們在哪裡？
是否佇立著，默默祈禱著，當山風吹來，
夾雜著揮不去的血腥味……不過這純屬虛構，
事實上，彼時一片頹垣斷壁，並無人跡，
已是地獄景象，還需要我的描述更詳盡麼？

還需要我繼續重覆餘生者的回憶麼？
阿尼赤列曲珍 06，與十七位同伴，在波林卡 07 的
公開審判之後，是不是被拖到這裡，強迫跪下，
被一粒粒呼嘯的子彈奪去生命？那個時刻，她
有沒有把最後一眼望向高高的米瓊日？

如今的一切都是嶄新的，在明亮而寂靜的午後，
絳紅僧袍以恭敬的姿勢在大殿裡整齊地擺放著，
從刷白的香爐散發出松柏和梵香的味道，
插在主殿頂上的五星紅旗格外醒目地招展著，
而另一頭，駐寺派出所的房子走出幾個便衣。

2018-6-30

06　赤列曲珍：འཕྲིན་ལས་ཆོས་སྒྲོན། 拉薩附近尼木縣一座小寺的尼姑，卻是文化大革命中率領底層民眾，以文革武鬥的名義對中共軍人和幹部及積極分子發動攻擊的領導人，時間是 1969 年 6 月間，被中共定性為「尼木縣反革命暴亂」，派軍隊鎮壓，赤列曲珍及眾多反抗藏人被捕。1970 年 2 月，她及十七人被第一批公審、示眾後處決，年約三十多歲，以「尼木阿尼」之稱在圖伯特現代史上留名。

07　波林卡：སྤྲོ་བྲིང་ཁ། 是拉薩河畔的大片林苑，舊時拉薩市民夏日遊憩處，中共軍隊進入拉薩之後，將西藏軍區等設在這裡，並建拉薩人民體育場，主要在此舉行各種政治性的萬人大會。文革時代，這裡還是審判「階級敵人」，宣布處決命令的公審大會會場。今為軍營駐錫地。

拉薩烈日下

他說的是我們母語中的一種方言

他說的是我們母語中的一種方言，
發音鏗鏘，就像舌頭變成了金屬。
他反覆提及母語的危機，
漸漸激動起來，因為「不會母語，
就失去了與祖先的聯繫」，我深知
他聯想到的並不是安多鄉村的父老鄉親，
而是，也肯定是古老帝國偉大的贊普們，
當然，我也為那不可否認的榮光而自豪。

強調：母語的藏語發音是帕蓋[01]，
意為父語，與母親無關。
譬如歷代達賴喇嘛家族被尊稱為堯西，
堯是父親的最高敬語，譯為佛父，
準確地說是國父，在母語裡的所指一清二楚。

但當流亡成為生命的普遍狀態，
（包括在本土流亡卻少有人意識到）
母語或被置換，這往往發生於被動的童年，

01　帕蓋：ཕ་སྐད། 父語，藏語對母語含義的稱呼。

或被削弱，這不是夢境而是每日現實，
或被禁止，這有可能變成弱者的武器。

有兩個涉及母語的案例需要覆述——
保羅·策蘭的母語是「劊子手的語言」，
散發著集中營焚屍爐的氣味，
他用德語寫下最好詩作的手，
卻抓不住說德語的母親的手 02。
而不喜歡「故鄉」的赫塔·米勒 03，
引述另一個流亡者的話深入我心：
「並非語言即家園，家園是被說出者。」
的確，若不說出有關故鄉生存的真實細節，
滔滔不絕的母語只是粉飾殘酷的工具。

可是，可是，我卻像是在為幾乎失去母語的自己，
勉為其難地辯解，結結巴巴，像是暗含著
某種自證清白的荒謬……

2018-7-24

02　引（德）保羅·策蘭〈狼豆〉（《保羅策蘭詩選》，孟明譯），其中寫道：
　　「媽媽，誰的 / 手，我曾握過，/ 當我攜你的 / 言語去往 / 德國？」

03　引（羅馬尼亞）赫塔·米勒（Herta Müller）〈每一句話語都坐著別的眼睛〉
　　（《國王鞠躬，國王殺人》，李貽瓊譯），其中引述了西班牙作家喬治·
　　塞姆朗（臺譯：豪爾森·森普倫 Jorge Semprun）這句話。

薯伯伯／攝

請不要這麼快地蛻變這座城市

請不要這麼快地蛻變這座城市，
它不是一個尚未開化的城市，
不是沒有自成一體的過去和記憶，
不是沒有精彩紛呈的諺語、歌謠和戲劇，
不是沒有世代交替的貴族、黎民和藝人。
即使在風雨中、陽光下或無數個至暗時刻，
那默然矗立的金頂在突如其來的火焰中化作灰燼，
那錯落有致的斗拱下，密布數千尊度母極其微小，
筆觸細膩而精美，從此無人再會那樣的畫法……

請不要這麼快地擴張這座城市，
它不是一個愛慕虛榮的城市，
不是須以堆積的贗品來取代珍寶的無主之地，
不是蜂擁而至的異邦人樂不思歸的淘金之地，
不是唯恐失去乞食機會你爭我奪的餓鬼之地。
有人這樣描述：「那時魔鬼親自降臨，並點亮每一盞街燈，
它只有一個目的：使一切都呈現出假象。」
然而這些假象啊，「時間一到就會消失。」[01]

01　轉自（英）奧蘭多·費吉斯（Orlando Figes）《娜塔莎之舞：俄羅斯文化史》
一書中，對果戈理《彼得堡的故事》的引述，曾小楚等譯。

薯伯伯／攝

世間萬物，皆有定數，偏偏會放過造下罪業的你嗎？

請不要這麼快，請不要，請不要……

2018-7-30

薯伯伯／攝

VI. 風物類

雅魯藏布的水快漫上來了

雅魯藏布[01]的水快漫上來了，
那水色比泥漿還黃，
再下一場暴雨，
可能就會淹沒公路。
我突然發現，一面五星紅旗，
在水中掙扎，又迅速地沉下去了。

2018-8-3

01　雅魯藏布：ཡར་ཀླུངས་གཙང་པོ་ 意為高山流下的雪水之河流，是布拉馬普特拉河上
　　游在圖伯特境內河段的名稱。「藏布」即江河。

唯色／攝

把老鑰匙當作護身符……

把老鑰匙當作護身符
佩戴於身，或是一種幸運緣起物。
開啟過好人家的房屋，那是俗世上；
開啟過某座倖存的佛殿，那才是寄托之地；
開啟過身語意三門，更是難修的無上觀慧。
而依星象學，它是二十八宿之一心宿的
別稱，一位大成就者的書上這麼寫 [01]。
總之留住它，給它起一個秘而不宣的名字。

我低下頭，察看戴在脖子上的鑰匙，
生鐵做的，有年頭的，沉甸甸的，
圖伯特的，而非其他地方的，
有著源於蠍子的形狀和仿如神獸花紋的，
並用一根發黑的、結實的犛牛皮繩繫著的
德烏謎 [02]，這是鑰匙的藏語發音。
它守護過怎樣的私宅或廣大的失樂園？
離亂時流落過哪些淪陷之地？又被哪些人

01　依據曲杰·南喀諾布《苯教與西藏神話的起源——「仲」、「德烏」和「苯」》，向紅笳、才讓太譯。

02　德烏謎：ལྡེ་མིག 鑰匙。

以口耳相傳的方式牢牢地掌握過？

而那個遠去異國多年的遊子，
與舊貌不得不換新顏的故鄉之間
除了隨業力流轉的血統，似乎就剩下
一把緊緊攥在手心裡的，
銘刻著家族印跡的老鑰匙了。

而那個回溯到吐蕃諸王的傳說，
也與一把鑰匙有關，須在某個授記的時辰，
發生類似月食的奇異天象，一團陰影
將落在瓊結宗[03]二十一座王陵的某塊巨石上，
守護雪獅恭敬避讓，香巴拉[04]的大門應運開啟。

但沉入現世的我們啊，即便隨身攜帶著它，
卻也日益地，無可挽回地，落入了這行詩句預言的下場：
「暗蝕了，那鑰匙的權力」[05]，那鑰匙的權力……

2018-9-19

03　瓊結宗：འཕྱོངས་རྒྱས་རྫོང་ 即今西藏自治區山南地區瓊結縣。

04　香巴拉：ཤམ་བྷ་ལ། 梵語 शम्भल（sambhala）的藏語音譯，又稱香格里拉。藏傳佛教所說的淨土，時輪佛法的發源地。

05　引（德）保羅・策蘭〈暗蝕〉（詩集《暗蝕》，孟明譯）。

「哪裡買得到藏鹽？」我逢人便問⋯⋯

「哪裡買得到藏鹽？」我逢人便問。
老城日新月異，以現代化的名義，容不得舊事物。
原先蹲守沖賽康[01]的賣鹽人，據說已搬到過街天橋那邊。

那粗糲的鹽，取自羌塘[02]的伏藏湖，是魯神賜予的珍寶。
阿布霍[03]用缺口的大碗從皮口袋裡挖出才三塊錢一碗。
城裡人更願買超市的鹽，細細的，白白的，乾乾淨淨的。

若非吃遍世界各地鹽的異國友人盛讚藏鹽味美，
我也跟許多人一樣，嫌其粗糙，有雜質，像石頭，
如諺語說：「寶貝在自己手裡，不知它的價值⋯⋯」

傳統上，牧人從鹽湖取鹽並由牛羊馱回，漫漫長路
須得遵守諸多禁忌，以這樣的民歌為圓滿結尾：
「馱著紅冰糖般的晶鹽，去換曲水地方的糌粑。」

01　沖賽康：ཕྱོགས་གཅིག་ཁང་། 原沖賽康位於八廓北街，現已被改建為「清政府駐藏大臣衙門舊址陳列館」。現沖賽康位於北京東路，是拉薩最大的小商品批發市場，聚集了眾多外來移民為商販。

02　羌塘：བྱང་ཐང་། 位於圖伯特北部草原，以遊牧為主。

03　阿布霍：ཨ་ཕོ་ཧོར། 對羌塘草原牧人的俗稱。

拉薩烈日下

但如今馱隊已被卡車替代，可想而知會有多麼迅捷，
但馱鹽歌、取鹽語，以及在鹽湖邊舉行的儀式，都成了多餘，
在慢慢消亡……魯神呢？魯神呢？也黯然離去了嗎？

我終於在一個巷口找到了賣藏鹽的牧人，他花白的頭髮
纏繞著紅色的線繩，三個大大的編織袋裝滿那曲烏托湖的鹽，
依粗細分類，雖說論斤賣了，也很便宜，但似乎少人光顧。

這時，有人發來微信，說想與我見面。
他的中文不錯，我以為是從邊地來的年輕學子，
走到小昭寺門口，卻見是一位穿絳紅僧裝的陽光青年。

這令我習慣性地緊張起來，擔心被身後的目光捕捉，
把無端的麻煩加諸於他。來不及寒暄，「我們去轉經吧，」
我壓低聲音，頭也不回地，快步走入僻靜的囊廓小道。

正是黃昏時分，銅製的轉經筒旋轉著，把金色的光線
映照在又高又瘦的僧人身上，結晶狀的藏鹽在背包裡碰撞著，

只聽他說從拉卜楞寺 [04] 來，哦那是喇嘛久美 [05] 的寺院……

2018-9-23

---

04 拉卜楞寺： བླ་བྲང་བཀྲ་ཤིས་འཁྱིལ། 位於今甘肅省甘南藏族自治州夏河縣，始建於 1709 年，是藏傳佛教格魯派六大寺院之一，也是安多地區最大的寺院。部分毀於文革，部分毀於 1980 年代火災，之後重建。

05 喇嘛久美：བླ་མ་འགྱུར་མེད། （1966 年 -2022 年），出身農家，十三歲出家拉卜楞寺為僧，曾任「喇嘛樂隊」隊長、寺管會副主任。2006 年因去印度參加尊者達賴喇嘛主持的時輪金剛灌頂法會並得尊者接見，回來後被關押四十多天。之後有過三次被捕，2014 年被指控「涉嫌煽動分裂國家罪」獲刑五年。2016 年 10 月獲釋回家，但被禁止返回寺院。2022 年 7 月 2 日因牢獄酷刑，積傷成疾，於家中病故。

拉薩烈日下

這個九月之末正是藏曆八月中旬……

這個九月之末正是藏曆八月中旬，
趁天色尚明，寒意未起，
在陽台上瞭望由東至西的風景，
隨著漸漸暗下去的光線緩緩有了變化：
密集的樓房，有金頂的寺院，
狀如望遠鏡的公安局信息大廈，以及
空空蕩蕩的頗章布達拉，全都渾然一體，
變成生殺予奪的強人製造的龐大屋頂，
可以將此地所有眾生籠罩或制伏，
卻奪走了辯護的權利和淚水……

我們盡量地放低聲音，
談論著無法去朝拜的岡仁波齊[01]，
受制於族別的身份，
標註了級別的黑名單，
故鄉的諸多聖蹟成了禁足之地……
而他，來自江南水鄉的攝影師，

01　岡仁波齊： གངས་རིན་པོ་ཆེ། 圖伯特聖山之首，位於今行政區劃的西藏自治區阿里
　　地區境內，是圖伯特雍仲本教、藏傳佛教、印度教和耆那教共同信奉的聖
　　地，還是眾多河流的發源地。

即將再度漫步在轉山路上，
是那麼地心無掛礙，那麼地無有恐怖，
他不禁為這明顯的不公而愧赧，
起身將此刻的景象納入鏡頭中。

2018-9-26

這兩枚豎琴形狀的項墜……
──致薯伯伯

這兩枚豎琴形狀的項墜，
銅質的，鍍銀的，指甲大小，
之間的弦，是三粒圓潤的綠松石，
這豎琴來自以色列的哪裡呢？

天生愛自由的他，有著在香港
孕育的聰慧、勇敢和同理心，
猶如從應許之地拾起詩歌，
贈予失主之地的兩個姐姐。

這個夜裡似乎傳來遙遠的悲鳴，
是的，淪喪的故事只能由豎琴獨奏。

2018-9-29

署伯伯／攝

拉薩烈日下

依傍秋日裡靜靜流淌的溪水

依傍秋日裡靜靜流淌的溪水，
背臨峰頂積雪的山巒，
我們選了一塊比較乾燥的草地坐下。
左邊是社會主義新農村或示範基地，
幢幢民居都像統一的、待售的樣板房，
插在香爐旁的五星紅旗似乎比金黃的樹葉還多。
右邊是散落於稍高處的一截截斷壁殘垣，
緊挨著為吸引遊客虛構了不實傳奇的溫泉，而其中，
我只關心，也剛去過那名存實亡的達東莊園[01]。
雜草叢生，殘牆厚實，空洞的窗戶像空洞之眼，
色彩已褪的門框仍存，門楣和斗拱繁複有致，
似乎可以瞥見從前貴人們的歡樂，
但也聽得見被推下深淵的啜泣夜夜不止。
附近的田地裡有一把白鬍鬚的老人在割草，
他可能把走過來打聽往事的我們當成了下鄉的幹部，
唯唯諾諾地，習慣性地陷入「憶苦思甜」的情景模式中⋯⋯

2018-10-4

01　達東莊園：སྟག་སྟོང་གཞིས་ཀ། 位於拉薩西南方向的達東莊園，現稱堆龍德慶縣柳梧鄉達東村，是一座不知其詳的貴族莊園，其房屋已在革命後成了廢墟。

這條古老的大河已變得狹窄……

這條古老的大河已變得狹窄，而
那年的嘎瑪堆巴[01]，我們仰望閃耀的星空，
將赤腳伸進流水的那部分已變成「環島南路」，
擠滿餐館、公寓，附庸風雅的時尚店鋪。
一座橫跨河流的橋幾乎直抵對岸的巖山，
取名「迎親橋」，擠滿各種匆匆編造的典故，
與千年前那個有文成公主之名的異國少女有關。
稍遠處，耗費巨資的劇場夜夜上演和親的戲劇，
讓君王松贊干布激動地衝出布達拉宮去迎接心上人，
似乎是，他不僅臣服於莫須有的愛情，
也臣服於從此延續至今甚至未來、永遠的一統江山。
河水憋屈地流淌著，黃色的起重機有節奏地運行著，
那攫取的動作不可阻擋，充滿貪念。
問題是靠近岔路的一頭冒出了一朵巨大的花，
白天扮成白蓮花，夜裡五光十色，使得魔幻的花瓣有肉欲。
一個個新築的觀景台，一條條停在岸邊的遊艇

---

01 嘎瑪堆巴： སྐར་མ་རྒྱལ། 俗稱沐浴節，藏曆記載金星（棄山星）半年畫出，半年
夜出，在藏曆七月三十日至八月初二期間肉眼可見，傳說由此星照射之水
為藥水，而沐浴之，得健康。

拉薩烈日下

（其中之一用紅漆塗寫「拉薩 LASA 三號」[02]）
為的是吸引不計其數的、財大氣粗的遊客紛至沓來。
雲朵變化多端，各種幻象組合，令人不時迷醉，
卻有一陣轟鳴聲自空中響起，似乎帶著戰事的訊息，
是一架遠遠逼近的直升飛機越飛越低，越飛越低，
又突然拉高遠去。一絲驚慌掠過眾人臉龐，不得不垂首，
仿佛被某種武器的雙翼投下的陰影牢牢地罩住。
慢慢地，陽光變色，那是金燦燦的晚霞，
又像回光返照，正在將家園變成末世之地，
多麼地陌異而又覆水難收啊！我們舉起酒杯，
輕輕碰觸，相互低語如祈求：札西德勒[03]……

2018-10-5

02　近年來，中國當局官方有意識地將相關詞匯的英譯取消，而改以漢語拼音
　　標註。比如將拉薩的英文 LHASA 寫成漢語拼音的 LASA。

03　札西德勒：བཀྲ་ཤིས་བདེ་ལེགས། 吉祥如意，通常用於相互祝福。

在藏曆九月的哲蚌寺尋找果芒札倉

在藏曆九月的哲蚌寺尋找果芒札倉⁰¹，
在過於靜寂的果芒札倉尋找根敦群培的身影，
在已經看不見的根敦群培的身影裡尋找甚麼？

是那句話嗎？據說是巨變前夜的遺言——
「世上最珍貴的琉璃寶瓶，已被摔在石頭上
粉碎了；接下來，想怎樣就怎樣，隨他們去吧！」

「他們」是誰？是他飲酒時，舉杯敬奉的
「喀瓦堅的君臣子民」⁰²嗎？然而有些人明明虧待了他。
還是當今那個無休無止地重塑他、逆寫他的權力？

其實我並不執意要覓尋與他有關的甚麼，
我一心想找到的是德央札倉⁰³，
那裡有我敬供的一尊小小的藥師佛。

01　果芒札倉： སྒོ་མང་གྲྭ་ཚང་། 拉薩三大寺哲蚌寺的四大經學院之一。
02　在根敦群培未完成的著作《白史》中有這樣的詩句：「內心珍藏對本族的
　　熱忱，/ 宛如無垢白雪。/ 願為喀瓦堅的君臣子民， 敬奉微薄之力。」喀瓦
　　堅是圖伯特的另一個稱呼，雪域之意。
03　德央札倉：བདེ་ཡངས་གྲྭ་ཚང་། 拉薩三大寺哲蚌寺的四大經學院之一。

拉薩烈日下

想到除非遭遇藏語發音為「殺劫」[04] 的革命，

這尊塑像會比我及我們來世的生命更長久，

穿過狹窄小巷的我也就深覺幸運地微笑了。

2018-10-7

04　「殺劫」是藏語「革命」 གསར་བརྗེ 的發音。傳統藏語中從無這個詞匯。半個
　　多世紀前，當中共軍隊開進西藏，為了在藏文中造出「革命」一詞，將原
　　意為「新」的藏語詞匯和原意為「更換」的藏語詞匯合而為一，從此有了「革
　　命」。據說這是因新時代的降臨而派生的無數新詞中，在翻譯上最為準確
　　的一個。

氣溫驟降的深夜，那兩座小寺被我惦記

氣溫驟降的深夜，那兩座小寺被我惦記：
尼瑪塘寺[01]，與久遠的譯師、重塑的藥師佛像有關，
也與蹲伏的雪獅（我喜歡它栩栩如生的神情）有關。
白色寺[02]，寫成漢語恰是摯友和我的名字各取其一，她天生
罕有的悲心和勇氣，貌若舊日祖拉康嫣然而笑的白拉姆。

但我們無法不遇見廢墟，滿山遍野，觸目皆是。
外來者挾恃的革命霹靂無遠弗屆，徒留證據。
我最心疼的倖存者，是一尊遭致腰斬的泥塑佛陀，
不及一肘之高，殘剩斑駁色彩，右臂缺失半截，
被小心翼翼地拼湊著，無力地靠在不易覺察的角落。

主殿內，十來個僧侶奉行的悠長頌歌般的法會暫止，轉為寂靜。
正午的院落空曠，樹葉金黃，五星紅旗格外刺眼。
我們慢慢地喝著一瓶八磅酥油茶，
是滿口敬語的中年矮個僧人專門做的，
他往牛頭牌攪拌機裡放了大塊新鮮酥油。

01　尼瑪塘寺：ཉི་མ་ཐང་དགོན། 位於拉薩市堆龍德慶縣達東鄉，建於公元十一世紀，
　　藏傳佛教格魯派寺院。文革被破壞，後重建，規模縮小很多。

02　白色寺：སྤེ་སེར་དགོན། 位於拉薩市堆龍德慶縣達東鄉，建於公元十二世紀，藏
　　傳佛教格魯派寺院。文革被破壞，後重建，規模縮小很多。

拉薩烈日下

唯色／攝

醇香的口感，顛倒的時空，不甘心的我在長滿荒草的遺址，
撿了一塊沾著往昔泥土和淚水的石頭……

2018-10-9

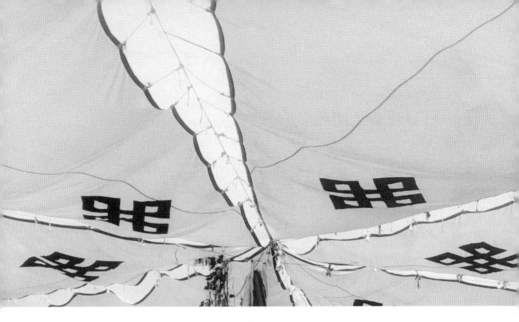

VII. 眾生相

「整夜夢見朗欽啦……」

「整夜夢見朗欽啦[01]……」我喃喃自語，
不願睜開眼睛。這樣，宛如神獸的它
就不會漸漸隱去，仿佛不存在。
我需要立即記下這連接往昔的奇遇，
以免忘卻，重墜窗外灰霾似的現實。

需要告訴人們：朗欽啦，大象的藏語愛稱，
從喜馬拉雅山那邊的異域來，
走過尊者後來走的流亡之路，
長鼻子甩來甩去，大耳如扇，四肢沉重。
沿途的博巴[02]驚為神跡，因為它是七寶[03]之一，
雙手合十，寵溺有加，每次現身都是歡樂的節日。
從八世尊者起，讓它住在頗章布達拉背後的宗角魯康，
讓會說廓爾喀語或印地語的象夫頭包白布，

01　朗欽啦： གླང་ཆེན་ལགས། 大象，後綴加「啦」以示尊敬。

02　博巴：བོད་པ། 藏人。

03　密宗七寶之一的象寶為六牙白象，代表六度：布施、持戒、忍辱、精進、
　　止觀、智慧。

拉薩烈日下

以遣鄉愁，要它隨遇而安[04]。
每天正午，從高高的頗章傳來悠悠的法螺聲，
它會慢慢地、慢慢地跟著信眾轉一圈孜廓[05]，
會在中途飲幾口井水，面向光芒閃耀的金頂，
甩幾下長鼻，像磕頭，如敬禮。
直至一九五〇年代，突降無妄之災，如未卜先知，
更如不肯重蹈舊路，隨尊者與十萬之眾黯然離鄉，
在某個危機四伏的日子，它率先去往中陰，
但應已抵達時輪金剛的壇城，
全身雪白，六牙純淨，如唐卡所繪……

如同某個授記自天而降，當朗欽啦化為文字，
我正巧看到這樣的景象：清晨，一朵法輪形狀的雪花，
「飄落在夏日寺[06]僧人的袈裟上……」[07]

*　*　*

但據說，在每朵雪花的中心

04　據《拉薩文史叢書之一：老城史話》（拉薩市政協文史民族宗教法制委員會編）：「……第八世達賴喇嘛的時候，在宗角魯康林園的西南角修建了平措熱瓦大象園，這裡飼養著大象。第十世達賴喇嘛時，在大象園的西側修建了菩提佛塔……」。

05　孜廓：ཙེ་སྐོར། 環繞布達拉宮的轉經道。

06　夏日寺：ཤ་རི་དགོན་པ། 位於今青海省玉樹藏族自治州曲麻萊縣。

07　引自在藏地從事公益的友人所述，我寫這首詩的當天，她在夏日寺看見下雪了。

都有一粒塵埃，由不可抗拒的力量牽引著
墜入灰霾現實……直至一九五〇年代，
突降無妄之災，它真實的遭際不忍卒聞，
並非我夢見或臆想的結局，那過於完美。

先是象夫以「叛亂分子」[08]的名義淪為囚犯，
也就無人照顧朗欽啦：沒有人再給它的身上
抹清油，沒有人再給它餵糌粑[09]團。
它的皮膚皸裂，在烈日下「縱橫交錯地」
滲出汗漬和油垢。它甩著長鼻子，到處找吃的，
在拉薩中學附近晃蕩過，撞翻過這個或那個。
一度被禁閉，一隻前腿綁在院子裡粗大的石柱上，
「高高的石牆把象屋圍得死死的」[10]。
據說死於文革前，但怎麼死的，無人知曉。
象夫的兒子偷偷去看過，只見到一張黑黑的、
厚厚的獸皮攤在地上，骨頭與象牙不知下落。

以後象屋被拆，改成飯館，生意卻不好，

08　1959 年 3 月間在拉薩，數萬藏人反抗中共，尊者達賴喇嘛流亡印度，中共予以軍事鎮壓，稱「平息反革命叛亂」，並將反抗藏人定性為「叛亂分子」。

09　糌粑：ཙམ་པ་ 藏人的主食，由青稞炒熟磨制而成。在藏人的文化中，糌粑象徵民族屬性，意味著民族認同，如果問你「吃不吃糌粑」，如同問你是不是藏人，而米飯則隱喻的是漢人。

10　這句及這節引號裡的話語，引自民俗學者次多在 1990 年代寫的《拉薩曾有過大象》一文。其中寫：這頭母象是尼泊爾國王 1947 年贈與十四世達賴喇嘛，噶廈政府給大象的食物是糌粑、大米和草，為防止皮膚乾裂，每個月撥二十公斤清油專門抹身上。

唯色／攝

會不會有朗欽啦的氣味久久不散？
又改成遊樂園，有飛機模型，馬的模型，
但沒有朗欽啦的模型。孩子們的笑聲沖淡了悲傷，
也沖淡了記憶。再後來，改成了露天茶館，
風和日麗，擠滿了朝拜頗章或轉孜廓的人們，
從鄉下來的歌手彈著扎念[11]討要錢幣，我也多次來過，
一無所知地，喝著甜茶，吃著博圖[12]或夏帕勒[13]……

*　　*　　*

不過我見過朗欽啦，但不是在當年的宗角魯康，
（但我阿媽說她小時候激動不已地見過）
而是在有關過去的遊記中，有幾位西方人
記錄了許多令人遐思的細節，直到
1957 年冬天，頗章布達拉懸掛巨幅唐卡，
朗欽啦最後一次扮成白象寶盛裝亮相，
一位解放軍攝影師[14]拍到它卷曲長鼻如同起舞。

朗欽啦的傳奇並未結束，就像斷斷續續的
電視連續劇添了多餘的續集。我想說的是，幾天前

11　扎念：སྒྲ་སྙན། 意為悅耳動聽之聲，圖伯特本土彈撥樂器。
12　博圖：བོད་ཐུག 圖伯特風味的麵條。
13　夏帕勒：ཤ་བག་ལེབ། 肉餅。
14　這位解放軍攝影師名為陳宗烈。

拉薩烈日下

路過新建的曲水動物園，門口立著兩頭象的雕塑，
一頭黑色較大，一頭金色很小，仿若母子戲水的姿勢。
而裡面確實有頭真的大象，來自四季如春的昆明。
是用汽車還是火車運來的？當然不再會是走來的。

《西藏商報》說它叫尼菩，（太陽男孩的意思？）
日夜期盼送來一頭雌象，（送來月亮女孩嗎？）
從此過上幸福生活。還說它的家鄉遠在緬甸，
那麼這緬甸象或許是泰國象的親戚？
我想起那個虛榮的白象禮物 [15] 的典故。
旁邊，一個剛逛過動物園的男孩遺憾地說：
「沒見到大象，聽說它病了，送回內地了……」

2017-5-17，北京
2018-8-2，拉薩
2019-5-4，北京

15　白象禮物：該典故稱，過去暹羅國王會將白象作為禮物贈送給令其厭惡的
　　人，接受者往往因昂貴的飼養成本而破產。在現代用法中，白象指那些消
　　耗龐大資源卻無用或無價值的物體、計劃、商業風險或公共設施等。一些
　　造價昂貴但沒有實際效用，或成本過高但回報少的工程項目都可能被形容
　　為「白象工程」。

這似乎是一個奇怪的詞……

這似乎是一個奇怪的詞，我指的是「親情」，
被一群陌生的、視你為敵的人
反覆提及，帶著告誡或警告的意味。

「享受親情」「珍惜親情」「親情為大」，
否則可能有這樣或那樣的下場：
「先禮後兵」，他用地道的北京腔說道，

在拉薩口音、日喀則 [01] 口音的應和聲中尤其刺耳……
我明白這個詞就像一錢不值的贗品，
並不能與我親愛的母親和妹妹等價交換。

這個詞已變成奧威爾的新話 [02]，只要說出口，
便消除了、取締了、置換了原本的含義，
發音相同，筆劃一樣，卻當即勒索了對方。

看見了嗎？他們說的「親情」是一條結實的繩索，

01　日喀則：གཞིས་ཀ་རྩེ། 這裡指今西藏自治區日喀則地區。

02　（英）喬治・奧威爾在小說《1984》（董樂山譯）中的「附錄：新話的原則」
　　裡寫道：「新話的目的，不僅是要為英社的支持者提供一種適於他們的世
　　界觀和智力習慣的表達手段，而且是要消除所有其他的思考模式。」

牢牢地捆綁了與這個詞有關的所有人，

不得不低頭，被虐，受辱。

2018-4-8

突然間像是看到一個小矮人

突然間像是看到一個小矮人，
雄心勃勃地跳躍著，
在叢山與眾水之間，
像一隻錯將自己當作野獸的家畜，
（我還未想好用何種動物來譬喻）
充滿了改造山河的幻覺，不惜血壓飆升。

但他的雙眼患有白內障，
日益濃重的陰翳使他看不清周圍和前方，
以致於他所做的，是將有著自我之美的差異性，
逐個換成他自幼渴慕的強者風格，
似乎是，小矮人因此會變成巨無霸，
以炫目的易容術傲視天下。

2018-5-1

拉薩烈日下

夜深之時，燈光不必明亮……
——致噶雪 · 倫珠朗杰 [01]

夜深之時，燈光不必明亮，
想起最後與他挽臂合影已過三年半，
想起最初留意在隔壁編輯部當主編的他，
是多年前去廣西桂林的筆會旅行中，
（那時我年少眼高，但也受制於體制變得怯弱）
胖得微微喘氣的他，總是握著一束孔雀羽翎，
我以為那是出於淨化或避邪，好奇得很。
但他那時並不願理睬我，覺得
我像那些被漢化的藏人，渾身自以為是。
直到後來被他接納為友我才問起，
他呵呵笑道是為吸引商機，可一路無人有興趣，
就又握著斑斕的孔雀羽翎返回拉薩。
（一個奇特的經商未遂的佚事）

想起他那雙寫詩的手出奇地小，
想起他說敬語的腔調格外溫柔，

01　噶雪 · 倫珠朗杰：ཀ་ཤོད་ ལྷུན་གྲུབ་རྣམ་རྒྱལ་ 1940 年代末於拉薩貴族噶雪家族，
　　詩人、著有詩集《蜜蜂樂園》。曾任《西藏文藝》主編，西藏自治區作協
　　副主席，2017 年因病去世。

想起他即便貪杯也自帶恭謙讓，

想起他跳起華爾茲，啊，那舊式教養的風度，

想起他講述世事反轉之後漫長歲月的苟活，

那畏懼的眼神，壓低的聲調……

（一個貴族身份的少年難抵成長中的一劫，

一個女活佛[02] 的前夫難抵日常中的一劫。）

見面不易，他總挽留，良善的妻子送上地道的甜茶。

有次提及幼年時在北邊細沙灘見過的白鶴，

他展開雙臂，優雅地，比劃著振翅的動作：

「夏天飛來，冬天飛走，這些起舞，那些落下，

見到的人都心生愉悅……但以後再也見不到。」

他背誦起六世尊者[03] 的詩，正是那首傳世的預言：

「潔白的鶴，請借雙翅，飛不多遠，理塘即歸。」

如臨其境地說：「他從高高的頗章望去，

必定常常目睹那樣的景象，而他是那麼地了然美，

所以在無常的險象中，挑選了淙淙嘎波[04]

來傳遞轉世的訊息。」這時就聽見急遽的下雨聲，

夾雜著雷聲陣陣，又滾滾遠去，仿佛他，

---

02 女活佛：即桑頂‧多吉帕姆‧德欽曲珍，བསམ་སྡིང་རྡོ་རྗེ་ཕག་མོ་བདེ་ཆེན་ཆོས་སྒྲོན 1942 年生，為香巴噶舉教派寺院桑頂寺的住持及第十二世轉世祖古，中文俗稱「女活佛」，曾與拉薩貴族噶雪家族的少爺噶雪‧倫珠朗杰結為夫妻，後離婚。文革中被遊鬥，財產被沒收。現為西藏自治區人大副主任等。

03 即第六世達賴喇嘛倉央嘉措。

04 淙淙嘎波：ཁྲུང་ཁྲུང་དཀར་པོ། 白鶴。六世達賴喇嘛倉央嘉措寫過一首詩，預言自己的轉世將誕生在康區理塘。

唯色／摄

噶雪‧倫珠朗杰，對竟然遲至幾天前才驚聞
他已離世的我，以這樣的方式做了今生的告別。
夜空深邃多變，月光暗淡下來，猶如宿命一般，
他緩緩現身，以素來謙恭的手勢遙指身後，
如同邀我隨他重返往昔而不是受苦的輪迴，
「再見，格啦⁰⁵……」我喃喃低語。

2018-6-1

05　格啦：ཞུ་ལགས། 敬語，先生，後綴加「啦」以示尊敬。

昨天傍晚，一個蒼白女子張開紅色的披肩

昨天傍晚，一個蒼白女子張開紅色的披肩，
以鳥的造型，緊貼在大昭寺的白牆上，
雙肩顫抖，是在抽泣，還是假裝飛翔？
坐在牆邊閉目念經的拉薩老人，
渾然不覺，成了她的配角，
被另一個嬉笑的遊客拍下，
構建了某個「西藏」。

2018-6-8

你在這個時刻必須扮餓鬼

你在這個時刻必須扮演餓鬼
或者乾脆也變成餓鬼
就像傳說中被殭屍拍過腦袋自己也變成殭屍

受困於此，受困於此，受困於此。
我指的是今世的自己，
以及更多的今世同城的人。

汲汲營營，蠅營狗苟，苟苟且且，
像某種隱喻，與下三道有關。
毫不講究吃相，愈難看愈有賣相，

否則會被出局，成為眾矢之的，
會被那麼多的餓鬼撕成碎片還不解恨，
這是多麼痛的領悟。

拐過發黴的牆角，遇見一群偽善者，
自吹自擂的口才，全是瑣屑的算計，
不值一提。落在最後的，矯揉造作的他

並無多少才華，卻無比自戀，

以為自己很美，永遠不會老，
掩飾著落魄，在下流的市井女子中

找到被寵溺的優越感。
洞悉他們！在人性的名義下，
皆都各得其所，如食甘飴。

2018-6-10

他說起在奪底溝開採的石頭

他説起在奪底[01]溝開採的石頭，
那些被機器劈開的石頭，
裡面布滿樹的紋路，
稀疏或密集，還有
樹枝、樹葉，大的、小的，
完整的、殘缺的……總之是樹的成分，
封印在一塊塊仿佛亙古不變的石頭深處，
無人辨認得出是甚麼樹。

那是四十多年前，一場外來的革命將止，
是一場場災劫的間隙，不幸的生靈得以喘息。
他是勞苦的青年工匠，為了生存去採石，
差一點耗盡了生命的活力。
其實他懷有才藝，溫文爾雅，
原本適宜與美相關的人生。
更早些年，他那勇於擔當的父親，
在一九五九年三月彌漫全城的硝煙之後，
被關進人滿為患的監獄長達二十餘載。

01　奪底： དོག་བདེ་ 地名，在拉薩北面。

羸弱的母親與那年出生的他相依為命，
失去了身為世襲貴族的福報。

他一直記得那些外表平凡的石頭，
深藏另外的未知物種的命運，
可能是那消亡的古海留存無常的憑據，
早於拉薩出現之前，
早於他與無辜的父母輪迴之前。

2018-6-17

她緩緩地從對岸游來……

——致加羊吉 [01]

她緩緩地從對岸游來，在這片人工製造的水泊，
她的身影不算靈巧，卻有一種隱忍的力量。
烈日當空，周圍不是野草和鮮花，
而是新蓋的、待售的或出租的樓房，
一恍惚，我差點把前方的洲際酒店看成頗章布達拉，
正相反，千年的宮堡在身後，逆光中仿若人間蒸發。
水光粼粼，深淺不明，她果斷地換了個姿勢，
是仰泳，伸展的手臂仿佛可以無邊地伸延，
幾個未經世事的圍觀者發出輕微的笑聲，
然而她凝視天空的目光，是那麼地專注。

2018-6-23

01　加羊吉：རྒྱ་འབུམ་དཀར་སྐྱིད། 圖伯特安多地區人，作家，歌手及女權主義者。曾
　　就職青海省電視台。著有多部藏文著作。2008 年 4 月因披露藏人和平抗議
　　遭鎮壓，她被當局拘押二十多日。

唯色／攝

VII. 眾生相

他們用恩人的口吻要你感恩

他們用恩人的口吻要你感恩，
他們真的相信自己是對方的恩人，
也真的憤怒於對方是不知感恩的野蠻人，
而野蠻人是需要揪著耳朵大聲提醒的，
就像是對待喪失心智的低等動物，
既要時不時地扔幾塊骨頭，
更要時不時地猛踹幾腳，
甚至必要時的不擇手段。

「解放」「救星」「恩人」「感恩」……
這些詞，「因為在帝國的背景下，話語的力量
很容易使人產生一種仁慈的幻覺。
但是這樣的話語具有一種該死的特點：
它曾不只一次被使用過。」[01]
也即是說，被歷史上的各種恩人
前赴後繼地、樂此不疲地使用過，
這些迷魂湯，洗腦術，強迫症……

01　引自（美）愛德華・薩義德《文化與帝國主義》，李琨譯。

我當然感念於經歷了這一切的詩人，
他多次在詩裡寫到這個詞：馴服。
比如，「一隻未被馴服的野獸」，[02]
比如，「不要被馴服的鳥兒哄騙」
比如，「請求憐憫的馴服的老虎」……
這是何等的痛，於馴服者，於被馴服者，
如果拒絕，下場不言而喻。
如果不拒絕，下場不言而喻。

2018-7-1

02　此節詩句分別引自（波蘭）亞當・扎加耶夫斯基（Adam Zagajewski）〈古老的歷史〉、〈新世界〉、〈馬戲團〉（《無止境》，李以亮譯）。

遍地皆是臣服的象徵

遍地皆是臣服的象徵，
譬如官方定制的大紅燈籠，
以藏文書寫的吉祥如意提醒這一點，
譬如人工湖上的小橋和涼亭，
以模仿漢地景區的風貌提醒這一點。

愈來愈多的空心人愈來愈低齡化，
努力學舌著如假包換的普通話，
臉上的紅暈被當成土氣的「高原紅」，
整容醫院可以做手術祛除，
要價 6800 元，出租車裡有廣告。

連最平常的本土花朵也被改名，
成了「張大人花」並被封為「市花」，
從北京返回的土著模仿「張大人」的腔調，
或感激涕零地宣誓，或一本正經地附議，
換來賞賜的銀子更新趨炎附勢的行頭。

覺得他的笑聲怪異，過於響亮和持久。
覺得他的樣子油膩，不過三十多歲。
覺得他以前的叛逆，原來是找存在感。

覺得他現在的得意，在於會貼標籤。
他素來機敏，所以會很機敏地説：

「今天這裡發生的一切，
其實是一個大大的因果。
我們要擁抱這個因果。」
他張開雙臂，投下扭曲的陰影，
使得這個姿勢很像馴服的乞丐。

這些還未年長就衰老的人啊，
這些曾懷理想卻已世故得發出臭味的人，
直不起來的腰，下意識地吐舌，
而那舌頭似乎烏黑，就像是中毒已深。
我一眼辨識得出，懷著憐憫與些微的蔑視。

聽説老城裡剩下的居民面臨搬遷，
繞木齊 [01] 周圍將辟廣場或蓋商場。
不容分説的命令：順從者得補貼，
不肯順服，便以「政治問題」懲罰。
何去何從，像兩行熱淚，滾滾而下。

01　繞木齊：ར་མོ་ཆེ། 小昭寺，位於拉薩老城。由吐蕃（圖博）君王第三十三代贊
　　普松贊干布修建於公元七世紀，但在文革中，古老佛像被毀，徒留受損建
　　築，直至 1980 年代才重建。

就預見到，人也會變得一模一樣，
連口音和氣味、長相和習慣也會相仿，
「你看上去根本不像藏族」，他們慷慨地稱讚。
毫無懸念的大一統……曾經，有幾個自古以來
毫不相似的地方，並不是屬於該帝國的，並不是。

2018-7-3

拉薩烈日下

好像真的洋溢著一種幸福……

好像真的洋溢著一種幸福，在好天氣的
影響下，好像人人都容易笑。
每張面孔上，最深的紋路是笑紋，並
不是愁苦不堪的皺紋，但眼神洩露了一切。

許多人的眼神裡隱含懼意和順服，
只要提及那類似密碼的密碼，
譬如嘉瓦仁波切，慌亂間，憂傷
會驅散浮在表面的笑意。

如同被某種背叛緊緊地捉住，
從指甲到髮尖，甚至每一個細胞，
看不見的陰影在蔓延，
多麼地恥辱，多麼地抱歉。

全能施恩者的形象卻如三座大山 ⁰¹，
令人們抬不起頭，卻又重新傻笑起來，
既然愛笑就意味著比誰都幸福，

01　三座大山：中共術語，中共宣稱它領導的革命推翻了壓迫在中國人民頭上
　　的「三座大山」，即帝國主義、官僚資本主義和封建主義。

必須公諸於世，誠惶誠恐地感恩不盡。

2018-7-13

吉曲飯店的夏饃饃像有某種神效

吉曲飯店的夏饃饃[01] 像有某種神效，
我的意思是，我吃了一個，憤怒就平息了。
我的憤怒與隨波逐流的親人變得庸俗有關。
一回頭，在挨著露天花園賣 illy 咖啡的小屋，
看見念扎[02] 的畫，是他十幾年前畫的那幅，
青藏鐵路從天那邊伸來，幾個孩子咧嘴笑著，
朝著剛通車的鋥亮鐵軌，比賽誰尿得更遠。

就往宗角魯康走去，正逢藏戲演出季，
高亢、婉轉的唱腔，不慌不忙的鼓點，
過於絢麗的服飾隨腳步與手勢的變化更加絢麗。
層層疊疊的觀眾坐滿台階，看著看著，
會舉著白色哈達和粉色人民幣走進場地，
把長長的哈達親切地掛在演員的脖子上，
把百元大鈔近乎炫耀地放在唐東杰布[03] 的唐卡下。

01　夏饃饃：གཤོག་མོག 藏語，肉包子。

02　念扎：ཚེ་རིང་ནན་གྲགས 圖伯特當代藝術家。他的這幅畫繪於 2006 年，題為《Who
　　Goes Furthest》。

03　唐東杰布：ཐང་སྟོང་རྒྱལ་པོ（1385 年－1464 年），又稱甲桑朱古（鐵橋仁波切），
　　藏傳佛教噶舉派高僧、成就者，建築師，也是創建「阿吉拉姆（ཨ་ཅེ་ལྷ་མོ）」
　　的藏戲祖師，並在圖伯特各地建鐵索橋幾十座。

我注意到一個瘦削的世俗男子，
他並非演員，卻一直在場外手舞足蹈，
最後索性上場，旁若無人地跳著，
步調完全一致，姿勢一模一樣，
他身前身後的演員似乎早已習慣，
觀眾們笑聲一片，多麼地其樂融融。
後來得知他本是功德林寺的僧人，
「因為種種原因，腦子稍微有了問題，
不過唱藏戲跳藏戲都特別地好。」

而那座湖中小廟幾乎被鬱鬱蔥蔥的樹木隱藏，
同時隱藏著各具神通的成就者傳授秘訣的壁畫，
卻因驚世駭俗的想像力在黑暗中大放異彩，
我曾見過，喘不過氣來，大圓滿的境界妙不可言。
湖面平靜，遊艇來回穿梭，人人競相留影，
一個小女孩說：「別去坐船，會驚擾了魯 04 神。」
她是我弟弟的女兒，我已七年不曾見過，
她好像比許多大人都懂許多禁忌。

穿過族人和異鄉人組成的熱鬧市井，

04　魯：ཀླུ 即棲息在江河湖海、森林沼澤、神山古跡等地的各類神靈的總稱，
　　漢譯為「龍」，但不準確甚至是錯誤的，事實上在中文裡沒有這一文化特
　　質和概念。

唯色／攝

VII. 眾生相

幾輛疾駛而過的軍車滿載目光冰冷的士兵，
他們去往哪裡？又或者，隨時可以嚎叫著跳下。
冒著若有若無的細雨，憑著日益矯健的腳力，
我走回色拉北路的家裡，再向北一些，山腳下
就是親切的色拉寺。這漫遊的一天沒有虛度，
顯然更多的瞥見了本地的日常狀態。

2018-7-14

索京是一種耳飾，須男性佩戴⋯⋯

索京[01]是一種耳飾，須男性佩戴。
須貴族及為官的男性佩戴。
須舊時的衛藏貴族及為官的男性佩戴。
單隻，細長，底端尖而不銳，由綠松石和黃金構成。
據說源於古代蒙古，故以「索」命名，
但只能佩於左耳而非右耳的規矩不知其詳，
我只從舊日的黑白照片和幾部紀錄片中見過真品，
從如今那些改寫歷史的影視裡見過贗品。

而這枚真的索京是在一個古董鋪被我一眼尋見，
它以合乎傳統的方式擱在量身打造的銅匣子裡，
散發著遺世之美的光芒，
使得周遭的各種寶石和器具黯然失色，
如瑟[02]、琥珀、綠松石、紅珊瑚等等，
如大大小小的嘎烏[03]、銀勺、火鐮等等，
它一定有著不為人知的故事，當然與佩戴過的人有關。

01　索京：སོག་རྱིལ། 一種據說源於蒙古的耳飾。「索」即藏語的蒙古。
02　瑟：གཟི། 天珠，俗稱九眼石，一種藏人賦予各種神秘傳說的古老珠寶，被視為無價之寶。
03　嘎烏：གའུ། 裝有佛像等聖物的護身盒。

如果有恢復往昔印跡的神奇藥水，輕輕一噴，
會不會顯現一幕幕的悲歡離合？

猶如似曾相識，但我的激動另有緣由。
懇求說德格方言的阿佳從玻璃櫃中取出，
就像找到世間珍寶的人，萬分珍惜地，
翻來覆去地端詳著，並有滿腹的狐疑：
這枚索京會不會是老桑頗戴過的那枚？——
桑頗・才旺仁增，家族中誕生過七世嘉瓦仁波切的
大貴族，時移世易的年代昧了良心的合作者，
卻在文革中被遊鬥，紅衛兵和「積極分子」
讓他穿戴上舊日充任噶廈重官的華麗服飾，
失去尊嚴的他當眾流下長長的鼻涕 04，
如同左耳佩戴的那枚長長的索京……

我不禁將它戴在耳畔，頓覺
某種沉重感無法卸掉，只好以詩譴之。

2018-7-15

04　桑頗・才旺仁增：བསམ་ཕོ་ཚེ་དབང་རིག་འཛིན་（1904 年 – 1973 年），因家族顯赫，
　　他 15 歲步入仕途，官至噶廈政府最高長官之一的噶倫。又因從 1950 年代
　　就與占領圖伯特的中共合作，獲西藏軍區副司令員的虛職及中國人民解放
　　軍少將軍銜。在文革中被批鬥，罪名是「組織叛亂、裡通外國和反黨反無
　　產階級專政」。1973 年鬱鬱而死。不久夫人去世。他的長子是 1951 年去北
　　京簽定《十七條協議》的五名噶廈政府成員之一，後在中共監獄裡被關押
　　近二十年。他的腿有殘疾的幼子因欲逃亡印度被捕，被控「叛國分子」於
　　1970 年遭處決，不足二十歲。

唯色／攝

面朝烈日，天藍雲白

面朝烈日，天藍雲白，
時間長了，
膚色越來越深，
杏仁色，麥芽色，古銅色，
或者成了「赭面人物」[01]，
正合我意。

2018-7-18

---

01 「赭面人物」：據說「赭面」一詞最早出現在中國的新、舊唐書中有關中國唐朝與圖伯特關係的描述，在中文裡「赭面」是對藏人的他稱，而非藏人的自稱。

薯伯伯／攝

VII. 眾生相

這裡是充斥著隱語、暗語與耳語的地方

這裡是充斥著隱語、暗語與耳語的地方，
只要啟唇開口，用母語或非母語，
就自覺地，犯禁的話不說，言外之意都懂的。

只要稍稍涉及真實，聲音立刻更低，
若要指涉某人，會以另一種密碼替換：
口頭上的代號、外號；或書面上的注音、縮寫。

比如我不是唯色，而是光明或陽光，
最首要亦最敏感的尊者，代稱更多，
甚而至於，是俗稱的「老大」。

從何時起，這個以敬語來表示教養的古城，
猶如八瓣蓮花的凋損，優雅的氣度日漸稀少，
取而代之的是日益卑屈，以至於——

奴性的肉體彎腰吐舌，奴性的舌頭失去本色，
奴性的色系猶如末路，奴性的路上萬劫不覆，
刺激著屬於地獄的時刻盡快變現。

「早安，奴隸們。」「早安，大恩人。」

拉薩烈日下

薯伯伯／攝

「晚安，奴隸們。」「晚安，大恩人。」
願奴隸的無懼比恐懼更多，

願奴隸的印記在輪迴中消失。
啊這應許的空城，這應許的空的宮殿，
這應許的空的寺院，這應許的空的空的空的心……

2018-7-20

拉薩烈日下

唯色／攝

VII. 眾生相

「世界上的人都是一樣的⋯⋯」

「世界上的人都是一樣的⋯⋯」
「不，不一樣，不然嘉瓦仁波切怎麼會流亡⋯⋯」
「不，不一樣，不然我們中的那麼多人怎麼會死於心碎⋯⋯」

2018-7-29

無法確認它們是否快樂

無法確認它們是否快樂，
在快到羊卓雍措[01]的路上，像某個舞台的
各種角色，突兀地，出現在長長的攤位前。
每個攤位布滿等著賣掉的旅遊紀念品，
如首飾、器皿、佛事用具，很像義烏[02]小商品。

它們：幾頭體型龐大的犛牛披著彩色鞍具，
幾頭體形似乎更龐大的獒犬套著紅色項飾，
面對紛紛舉起手機和自拍桿的遊客，
幾乎一動不動地，貌似安分守己地，
任憑同樣裝扮得具有異域風情的主人擺布。

「沒關係，它們聽話，你不怕。」
那幾個藏人急切地招徠著，漢語講得不錯。
那些穿得花花綠綠的漢人，騎上溫順的犛牛，
或一把摟住獒犬的大腦袋扮勇猛狀，

---

01 羊卓雍措：ཡར་འབྲོག་གཡུ་མཚོ། 意為碧玉湖，是圖伯特傳統文化中的聖湖，位於
   今西藏自治區山南市浪卡子縣。

02 義烏：位於中國浙江省金華市，是中國經濟發達縣市之一，其市場被稱為「全
   球最大的小商品批發市場」，但也以造假貨著名，被稱為「世界最大的假
   貨市場」。

有個戴狐皮帽的，乾脆雙手揪著獒犬的耳朵。

天空烏雲密布，下雨即將發生，
我趕緊以同族的語言搭訕，這招管用，
幾個藏人的表情鬆弛下來，
似乎跟我怎麼聊都可以，也願意我拍照。
我便問：「是不是給它們吃藥了？」
我不太相信這些獒犬僅僅吃肉就能長成那樣。

「不吃藥，不吃藥，就吃犛牛肉。」他們説。
同樣溫順的白獒犬叫倫珠[03]，
白犛牛的主人跟我母親是同鄉，
犛牛獒犬猶如奇貨可居，與它們合影一次十元錢。
旅遊季節，每天少則數百多則數千，半年能掙七八萬，
「生意不錯啊」，我半信半疑地説。

一定還有更多趣聞，但我時間不夠，
還得冒雨趕去看一看那已成熱門景點的聖湖，
就匆匆走向從濟南駕車來遊玩的友人，
卻見攤位上站著另一個動物，
是隻弱弱的小白羊，頭戴一朵紅色的絹花，
一邊耳朵上還掛著紅毛線編織的耳飾。

03　倫珠：ལྷུན་གྲུབ་ 意為成就，藏人男性用名。

薯伯伯／攝

VII. 眾生相

它像小女孩一樣乖巧，
水靈靈的大眼睛好像會說話，

粉紅色的鼻子高高的，彎彎的嘴角也很好看，
那麼它可能名叫卓瑪 04 或央珍 05 ？
哎，我真的無法確認它們是否快樂。

2018-8-1

04　卓瑪：སྒྲོལ་མ། 意為度母，既指菩薩，也常為藏人女性用名。

05　央珍：དབྱངས་སྒྲོན་ 意為妙音度母，藏人女性用名。

唯色／摄

VII. 众生相

站在蠍子形狀的羊卓雍措前

站在蠍子形狀的羊卓雍措前，
我見到的只是局部，譬如那蠍子的一條腿。
這與人的視界有關，此處所見並不意味著全部，
否則那西南面的桑頂寺[01]，怎麼就看不見呢？
再加上陣雨欲來，雲霧彌漫，具有仙境的氣氛，
看得見對岸的山，及山背後的山，已屬幸運。

湖水清澈得令人訝異，水草中布滿若隱若現的海螺，
潔白，很小，我怎麼就忘了試試這水的溫度和口感？
而那幻化中乃野豬化身的金剛亥母，正義，威猛，
當她轉變為人身，應該不會是那個住在拉薩城裡，
有著多吉帕姆[02]名號的人大副主任，在殺劫的年代
被示眾羞辱，不得不變成一個政治花瓶。

開始下起小雨，不是這雨打斷了我的遐思，
也不是泥濘中用黃色哈達包裹的羊頭轉移了視線，

---

01 桑頂寺：བསམ་སྡིང་དགོན། 位於今西藏自治區浪卡子縣羊卓雍措西南的一座寺院，屬藏傳佛教噶舉派香巴噶舉支派，有三百多年歷史，在文革中被破壞，1980 年代重建。

02 多吉帕姆：རྡོ་རྗེ་ཕག་མོ། 金剛亥母，這裡指桑頂寺寺主、歷經十二代傳承的女性仁波切桑頂·多吉帕姆·德慶曲珍。

唯色／攝

VII. 眾生相

它未被剔淨，如被扔棄，反倒顯得面目淒慘。
忽聞咚咚咚的鼓聲，仔細聽，不像藏傳佛事的鼓聲，
還夾雜著幽幽女聲，既像招魂，又像祈求，
躡足走近，見兩人身影，其中一個是小女孩。

注意到水邊插著一根桿子，頂上綁著一條白哈達，
隨風飄來蕩去，看上去很像要投水的白衣人。
待鼓聲和人聲暫停，我以懇切的語氣
謹慎地提出從哪裡來、到哪裡去
這些類似哲學的終極問題。

敲鼓女人神情謙卑，長相平常，嘴皮滲出血跡，
嗓音嘶啞地說自己是浙江人，帶孩子來西藏朝拜，
每到聖山神湖都會敲鼓給神靈聽，並誦妙法蓮華經。
她突然將那柄圓鼓遞給我，問我敲不敲，
我瞥了一眼她身後的白衣人，就合十婉拒了。

2018-8-4

這樣一頭犛牛啊

這樣一頭犛牛啊
這樣踽踽獨行在深夜的拉薩街頭
這裡往昔是它的家
這裡如今將它視為闖入者

2018-8-5

猛地瞥見正在打檯球的他們……

猛地瞥見正在打檯球的他們，
而他們也齊刷刷地扭頭看著我。
隔著並不寬敞的車道，
空氣似乎凝滯了數秒，
但路過的人都不會察覺，
這屬於我和他們的秘密。

他們：五六個訓練有素的男青年，
和那個腳踝有刺青的女青年，
盯梢者、跟蹤者、監視者……四個月了！
原來他們除了日夜蹲守車裡及附近某處，
還常常在小區超市的門前打檯球……
我喃喃道：「他們勢眾，我永遠勢單」。[01]

2018-8-8

01　這是以色列詩人阿米亥的詩〈我想死在床上〉裡的詩句，引詩集《如果我忘了你，耶路撒冷》，耶胡達‧阿米亥（Yehuda Amichai）著，歐陽昱譯。

拉薩烈日下

迎面撞見逆向而走的遊客……

迎面撞見逆向而走的遊客，
在每次右繞帕廓的時候，
他們面色蒼白，或泛著亢奮的紅暈，
眼神和腳步一樣飄忽。

就像是，既為高山反應所懼，
又為高山反應而迷，於是每個人
會變得跟以前不太一樣，
仿佛獲得了不正常的權利。

有些人舉著長短鏡頭，可能
錯把自己當作了不起的狩獵者。
有些人穿著艷俗的舞台服裝，可能
錯把自己當作電影裡的卓瑪或強巴[01]，
沉浸在模仿「少數民族」的良好感覺中。
有人則以窮遊的方式沿途乞討著，
自尊碎了一地……
（那兩個編五彩辮子的女子忘情大笑著，

01　強巴：ཇམས་པ་ 多為藏人男性用名，彌勒佛的意思。在這裡，與一部妖魔化圖
　　伯特的電影《農奴》裡，得到共產黨「解放」的「翻身農奴」強巴同義。

露出了參差不齊的黃斑牙齒。）

他們似乎成了一種變異的存在，
讓本地人投過去的眼神含著幾分憐憫，
會覺得他們此刻最需要的是氧氣，
高山反應是會要命的啊。

「這是甚麼？」「犛牛鞭。」
「有甚麼用？」「壯陽。」
「多少錢？」「一百八，買一個吧，他們都買了。」
包裹犛牛鞭的女子指著旁邊拍照的遊客説。

2018-8-30

薯伯伯／攝

萬物何以會被馴化？

萬物何以會被馴化？
吃，可能是最大誘因，
好吃，可能是最大誘因中的誘因。
你若不好吃，肉糙皮厚，他吃了幾口就會扔棄，
你的缺陷反而成了你的救贖，
但威脅仍在，他有的是各種佐料，廚藝亦日益精湛。
你若好吃卻又不易被吃，脾氣也不好，
他便會培育自己的牙齒，使其漸漸鋒利，
總之不把你吃到肚子裡絕不罷休。
你若好吃且又唾手可得，呵呵，這樣的被消滅的太多了，
源源不絕地，且被歸入一部部圖文並茂的食譜中。
看啊，掠食者愈來愈多，
恭喜饕餮者的好胃口。

身為太弱一方的你害怕被吃掉，
為了免於被吃掉，必須牢牢守住你的禁忌。
有的禁忌與食物有關，
比如，穆斯林不吃豬肉，
比如，我和許多族人不吃魚及水裡的大小動物⋯⋯

依稀記得遙遠的吐蕃時代的一位王后，

為了美顏，貪食油炸青蛙[01]，乃至犯下大忌，

因為那是魯神的一種。她患上惡疾，感染贊普，

兩人不得不殉「活人葬」[02]……

2018-9-14

01　在有著苯教傳統的圖伯特文化裡，青蛙的隱喻深厚，與眾多生活在水土裡、巖石裡、樹林裡的動物，如蛇、魚等，被視為兼具好運與厄運的精靈，藏語統稱為「魯」，漢語勉強被譯為「龍」，但不準確甚至是錯誤的，在中文裡並沒有這一文化特質和概念。

02　吐蕃（圖博）第二十九代贊普仲年德如是松贊干布的曾祖父，他娶大貴族欽氏家族公主欽薩嘉魯為妃。藏史記載，他得知王妃犯忌食用油炸青蛙而患痲瘋病，為避免惡疾傳染子民及後代，贊普和王妃活著進入墳墓，與世隔絕，成為「活死人」，而這也是一種自我隔離術。

昨日下午的飲泣難以自制

昨日下午的飲泣難以自制，
在於從不知道的家族往事；
那個與世無爭的貴族婦人，
被軟埋的半生。許多個夜裡，
望著離莊園不太遠的藏布 [01]，
她想沉入深深的水底，
年幼的子女成了人世間的羈絆，
她猶豫了又猶豫。
那被金珠瑪米 [02] 實施的刑罰，
用燃燒的草皮緩緩燒掉長髮，
竟遺下巴掌大的頭皮，再也不生髮，
她帶著這觸目驚心的疤痕，
如同另一種紅字的標記，
在公開示眾的歲月裡，
活到了七十五歲。
至此，「再也沒有你的名字和容貌」，[03]
但骨血中有我，來寫下這些。

01　藏布：གཙང་པོ། 江河。

02　金珠瑪米：བཅིངས་འགྲོལ་དམག་མི། 中共軍隊之解放軍。

03　引自（德）保羅・策蘭〈夜之斷章（手稿）・晦〉（詩集《暗蝕》，孟明譯）。

是的，她是我的嬤啦[04]，
我二十四歲時才見到，
當我見到她時，並未關心太多。

* * *

凌晨夢回阿媽啦的老家，
正如十幾年前第一次去的路線，
在大竹卡[05]乘牛皮船過雅魯藏布[06]，
在似乎沒有影子的驕陽下徒步數小時，
群山蒼黃連綿，山巔積雪不化，
路過一座毀過又重蓋的苯教[07]寺院，
一個用過又廢棄的兵站，
一些青稞殘存的田地，
一些青黃不接的樹林，
（奇怪沒有見到一個人
也沒見到其他動物）

04　嬤啦：རྨོ་ལགས། 祖母，外祖母，或對年老女子的尊稱。

05　大竹卡：རྟགས་གྲུ་ཁ། 是雅魯藏布江的一個渡口，位於今西藏自治區日喀則市桑珠孜區。

06　雅魯藏布：ཡར་ཀླུངས་གཙང་པོ་ 意為「高山流下的雪水之河流」，是布拉馬普特拉河上遊在圖伯特境內河段的名稱。

07　苯教：བོན 苯，圖伯特的本土宗教。

似乎突然間，眼前一片廢墟，

甚至算不上是廢墟，

僅是一圈空地被參差不齊的石塊環圍，

更像毫不相干的野地荒蕪已久，

原本有我波啦⁰⁸蓋的大房子，

「白白的，四四方方的，遠遠就能看見……」⁰⁹

門上的黃銅鎖鑰購自印度，

仁布地方的石材，工部地方的木頭，

請來能工巧匠雕樑畫棟，

重疊的佛像與彩繪的唐卡為梵香繚繞，

卻像是暫時客居其中，僅僅幾年

便喪失了一切，某個傍晚

被「勞動改造」的孃啦收工回家，

驚見大門貼著兩條蓋有紅色章印的封條，

從此竟連一步也進不去了，

哪怕一個瓷碗，也不再屬於自己。

2018-9-18

08　波啦：ཕོ་ལགས་ 祖父，外祖父，或對年老男子的尊稱。

09　引自我母親的回憶。

拉薩烈日下

坐在雪域獨有的烈日籠罩的卡墊上……

坐在雪域獨有的烈日籠罩的卡墊[01]上，
望著比世俗建築稍高一些的頗章布達拉，
突然想知道「臣」的含義及相關詞彙。

翻開幾本厚厚的中文辭典，找出「臣」。
它多義，包括「俘虜」、「奴隸」、「役使」等。
做名詞用，有「臣僕」，獲罪為役者，
以及「臣役」、「臣庶」、「臣虜」等；
做動詞用，有「臣服」，降服而稱臣，
以及「臣附」、「臣使」、「臣事」等；
做形容詞用，有「臣臣」，卑賤貌，
以及「臣畜」（臣服如畜生）、「臣隸」等；
還有詞組及成語：「陪臣國」、「獻納臣」……
「稱臣納貢」、「割地稱臣」、「俯首稱臣」、「不臣之心」等。
至於「臣屬」，當然說的就是你我了。

據說「臣」這個漢字，源於這樣的象形：
一隻豎著的凸眼，出現於人不得不低頭時，以示屈從……

01　卡墊：ཁ་གདན་ 藏式羊毛毯。

又說戰敗被俘，刺瞎一隻眼睛為奴隸⋯⋯
又說像「箕坐之形，身手都被束縛」⋯⋯

2018-9-20

拉薩烈日下

雙面人 / 雙胞胎 / 雙重天

雙面人 / 雙胞胎 / 雙重天；
兩面派 / 兩生花 / 兩世界；
雙重身份 / 雙重思想 / 雙重標準；
半明半暗 / 半陰半晴 / 一半火焰一半海水⋯⋯

還有這些詞匯：屬於古老的成語，有著血腥的典故，
通常用來對付他們的他者、鄰居及宿敵，
也用來對付他們的同志、朋友或想像的共同體。
比如，殺雞儆猴，殺一儆百，以儆效尤。
還有，懲前毖後，
還有，唇亡齒寒⋯⋯

他說：「這個問題是革命的首要問題。」
又說：「民族問題，說到底，是一個階級鬥爭的問題。」[01]
又說：「誰控制過去就控制未來；誰控制現在就控制過去。」[02]

2018-9-21

01　這兩句都是毛澤東的話。第一句：「誰是我們的敵人？誰是我們的朋友？
　　這個問題是革命的首要問題。」

02　引自（英）喬治·奧威爾的小說《1984》，董樂山譯。

犬儒這個詞不是形容詞……

犬儒這個詞不是形容詞，
犬儒主義在這裡也與學術無關，
如何說得更清楚呢？可能就像烙印，
隱秘地刻在無數人的額頭上，
在一遍又一遍的審核後，
成為獲准進入某個世界的身份證。

而那裡，儘管響徹著數金幣的聲音，
卻必須折腰，下跪，
不停乞求：「咕唧[01] 咕唧，咕唧咕唧……」
當然不止於此，畢竟一半在裡面，
一半在外面。一半是誘惑，
一半是恐懼。而那遮天大手，
足以讓求生者如履薄冰。

我見過那些自詡擁有多種傳承的人，
以隨時更新的跟風形塑了自我，
巧舌如簧的辯白，八面玲瓏的本事，

01　咕唧：ཀུ་མ་ཚེ་ན། 語氣詞，哀求之意。

樂於嘲諷弱勢者的種種愚昧，
一旦稍微觸及權力就立即噤聲，
實在是個個人精，
經不起真相的輕輕一戳，
看那漏氣的樣子慘不忍睹，
但當下得意，即是滿足的人生。

「代問阿佳好，我就不見她了，
畢竟在體制裡。」體制？當然，
「公開的怯懦和私下的英勇共生。
或反之亦然……」[02] 一夜便長大，
一夜便衰老，一夜便死去。
哎，抱歉，是不是我過於地漫畫化？
或不肯善解人意，顯得有點刻薄？

2018-9-22

02　引自（英）朱利安‧巴恩斯（Julian Barnes）《時間的噪音》第三章中的這段：
　　「在權力的壓迫下，自我破碎了，分裂了。公開的怯懦和私下的英勇共生。
　　或反之亦然。或者，更常見的是，公開的怯懦和私下的怯懦共生。」（嚴
　　蓓雯譯）。

一想起這些用中文寫的詩……

一想起這些用中文寫的詩，

這些在拉薩、在北京寫下的詩，

住在聖胡安島上的伊安 [01] 譯成了英文，

就覺得因緣的力量多麼奇妙。

我與他沒有見過面，也沒有聽到過

彼此的聲音，但已熟悉彼此的形象，

無數日子的私信總是觸及靈魂而非廢話，

最初，因犧牲的火焰 [02] 及森嬤 [03] 的地圖而結下緣分。

有時候他是青蛙的化身，

01　伊安：Ian Boyden（伊安・博伊登），藝術家、詩人、譯者。曾在中國學習中文、書法等，並研究碑刻、學習禪宗等，居住美國華盛頓州的聖胡安島多年。

02　伊安以自己的頭像為原型，用各種天然材料造像，再將造像置放於大自然，實現從自我變成無我的意義。如用小米和葵花籽造的像，被飛鳥和螞蟻吃掉了。當他用木頭造像，並用火點燃，卻不同尋常，因為被火燒過的頭像如同「佛教自焚的聲明」，這令他有異樣的感受。第二天，他讀到了我寫的有關藏人焚身抗議的文章，他說「這是我第一次聽說唯色這個人」。「犧牲的火焰」即指自焚藏人。

03　森嬤： གདོན། 指羅剎女。羅剎為梵語，最早見於印度古老經典梨俱吠陀。佛書所列羅剎女很多，有所謂八大羅剎女、十大羅剎女、七十二羅剎女、五百羅剎女等。藏人自己繪制的第一幅圖伯特地圖，即收錄於噶廈政府的雪藏書《羅剎女仰臥風水相譜》中。

在黑暗中的草地孤身歌唱從來不會沉默，
有時候是絕跡的白鶴和在廢墟結網的蜘蛛，
輪迴中同生共命的感覺多麼寶貴。

對了，他常常會在黎明時乘船離開，
又在黃昏時搭船返回，
他拍下靜或不靜的海水中那座島的剪影，
酷似一尊如如不動的臥佛。

2018-9-25

骨頭，有時候是食物

骨頭，有時候是食物，
如果殘留著肉，
或裹著骨髓，
值得啃噬或剔得乾乾淨淨。
有時候是一種隱喻，
比如，心臟的骨頭，
這其實容易折斷，
但一旦折斷，
可能會傷及心臟。
有時候是一個說法，
比如，被施捨的骨頭，
被打斷的骨頭，
不知古老的薩迦格言，
有沒有提及骨頭，
給出對治卑賤的警示。

2018-9-27

「長有翠綠色鬃毛的白色母獅……」
——獻給南喀諾布仁波切 [01]

「長有翠綠色鬃毛的白色母獅，
寧願伴雪而行，也不願在城中徘徊。
翠綠色魯神的後代，寧願讓自己的美妙歌聲
與雲伴合，也不願它飄散在廣袤的大地上。」

「……生是由宿業決定的，
也取決於嶺國人的意願。」 [02]

以不尋常的緩慢而莊嚴的方式走向死亡的過程，
示現甚深禪定的大圓滿成就者，
我向你頂禮再三，
南喀諾布仁波切。

（而你束在腦後的小小髮髻，

01　南喀諾布仁波切：ཆོས་རྒྱལ་ནམ་མཁའི་ནོར་བུ་རིན་པོ་ཆེ།（Chögyal Namkhai Norbu Rinpoche1938 年 -2018 年），圖伯特康區德格人，藏傳佛教寧瑪派大成就者，藏學家，1950 年代流亡至錫金等，1960 年赴意大利，後為那不勒斯大學東方研究所教授，主要教授藏語、蒙古語與圖伯特文化史。

02　引自曲杰・南喀諾布《苯教與西藏神話的起源——「仲」、「德烏」和「苯」》，向紅笳、才讓太譯。

你戴滿雙手的種種戒指，

當然與俗人所迷戀的外表截然不同，

你賦予了這些修飾之物飽含奧妙的意義。）

——對此，一個叫德央 [03] 的衛藏女子柔聲地說：

「這是在虛空供奉了一座詩歌的神龕。」

2018-9-28

03　德央：བདེ་ཡངས་ 意為幸福的妙音度母，藏人女性用名。

馴獸師的臉在夢中出現

馴獸師的臉在夢中出現，
帶著熟悉的笑意，
大蒜的氣味，
以控制狂的氣勢逼近，
我後退幾步，
趁霧霾還未襲來，
需要識別某些標記。
果不其然，
他一手執皮鞭，
油亮又很沉，
一手舉著幾條上好的
風乾犛牛肉，
顯然了然我的習性，
令我垂涎，
就像巴甫洛夫[01]的狗。

無數野性難馴的
物種，或人：又被稱為

---

01 巴甫洛夫：（臺譯：巴夫洛夫 Ivan Pavlov）20 世紀初俄羅斯生理學家、心
    理學家、醫師，以對狗的實驗研究所產生的經典條件反射而聞名。

土著，少數民族，原住民，
是否聽憑馴化
淪為廢人？非人 [02] ？
其實無所謂，
在這個由武器、金錢
以及看不見的大數據
操控的遊戲中，
屈從及適應，
貌似唯一的活路，
幸好我及時甦醒過來，
旋即意識到身陷真實絕境……

2018-10-1

02　（英）喬治・奧威爾在小說《1984》中創立的新話之一：「維瑟斯已是一
　　個非人。他並不存在；他從來沒有存在過。」董樂山譯

拉薩烈日下

失語的城市漸漸地沉陷在金子般的暮色裡

失語的城市漸漸地沉陷在金子般的暮色裡，
更像是沉浸在古老的榮光裡難以自拔，
隱約傳來往日悠悠的囊瑪[01]，具體歌名不詳，
但可想而知本地人如何沉湎於懷舊中。
而外來的野獸諳熟從農村包圍城市的戰術，
早已占領各處。那領頭的，粗糙的短髮直愣著，
突出的齙牙上沾著一片翠綠的蔥花，
伸出權杖似的油膩手指：「你說，你們信那個人嗎？」
被點名的好像叫強巴，跟《農奴》[02]那部電影裡的
翻身者同名，哆哆嗦嗦地站起來，跟沒站起來一樣，
因為根本直不起腰：「不，不，我們不信他，
不信他，沒一個人信他，真的沒有，真正的沒有。」
一著急，他的鄉下口音更重了，臉上的皮肉微微顫抖。
狂風一陣陣刮著，樹葉落下的聲音居然很響亮，
似乎深秋提前到臨，夾雜著刀鋒似的寒意，

01　**囊瑪**：ནང་མ། 室內歌舞，圖伯特傳統歌舞形式之一。

02　《農奴》：1963 年中國拍攝的劇情片，「主要講述西藏農奴在西藏土地改革前的悲慘生活，以及他們與解放軍共同鎮壓上層叛亂的故事。」我曾撰文寫道：「電影《農奴》出於意識形態的需要，對西藏進行了歧視性的刻劃和漫畫式的處理，以一種違背歷史和妖魔化的方式，來獲取其殖民的權力與合理性。」

夾雜著路邊川菜館飄來的麻辣味，好誘人啊！
不如今晚還吃冒菜 03 吧，這就上美團 04 下單。

2018-10-2

03　冒菜：四川菜餚之一。
04　美團：美團點評，是中國團購形式的電子商務網站，在各個地級市都設有
　　分站，拉薩也有。

拉薩烈日下

唯色／攝

那年秋天我在黯然離去的路上喟嘆……

那年秋天我在黯然離去的路上喟嘆：
「我想要描繪的拉薩，並不是我描繪的拉薩；
而我正描繪的拉薩，已是五蘊熾盛的拉薩。」

又一個秋天，我在黯然離去的路上沉思，
住了六個月，卻並沒有找到叫做拉薩的拉薩。
我常常不停地穿街走巷，好像大白天的夜遊人，
找不到叫做拉薩的拉薩，好似沉沒於名義之下。

撥開最幸福的泡沫，我看見的其實是兩個城市：
一座是鼠輩之城，一座還是鼠輩之城，
前一座與膽量有關，以致於彼此設防，
後一座與秉性有關，帶來了互害相食的慣習。

只不過，鼠輩與鼠輩，是藏語吱吱與漢語碩鼠的區別，
恰似不同的物種，恰似人與戴著人的面具的異類，
小心啊，千萬別信他們借我們的嘴巴講述的故事。

2018-10-8

VIII. 俄洛巴

忍住的淚水隱藏在花叢中

忍住的淚水隱藏在花叢中，
花叢旁的綠度母不易被發現，
這可能是因為甲波日的崖壁上，
佈滿彩繪的、凹凸的、大小不一的諸佛菩薩，
救拔眾生的願力如此強烈，呼之欲出。

也可能是她渴望隱藏自身，
想以某種出離的方式逃出一片生天。
前面有兩個女子在全心全意地磕長頭，
旁邊有警務站用霓虹燈閃現循環的標語，
穿插著頗為諷刺的四個字：「無處可逃」。

2018-4-9

拉薩烈日下

我每日都吃酸奶……

我每日都吃酸奶，犛牛奶做成的酸奶。
我阿媽從雪新村附近的店裡買來。
一大缽，七十元，吃不夠。
「它甜美，勇敢又清爽。」[01]
是酸奶中的酸奶。

2018-4-19

01　這句語出蘇聯詩人奧西普‧曼德爾施塔姆（Osip Mandelstam）有關庫爾德的
　　阿爾茲尼泉水，「它甜美、勇敢又清爽，／是原水之水。」

走過小昭寺，眼前忽然澄明

走過小昭寺，眼前忽然澄明，
半空中，一首流亡者的詩[01]緩緩顯現：

「如果你是詩人，你將清楚地看到：
在這頁紙上，漂浮著一片雲。
沒有雲就不會有雨，
沒有雨樹木就不會生長，
沒有樹木我們就不能生產紙張，
對於紙的存在來說，雲是個關鍵。
如果這兒沒有雲，也就不會有紙。
所以，我們說，雲和紙的關係是『相互依存』……」

而我被觸動並聯想的是，沒有在故鄉流亡的我，
就不會有身後數目不明的「熊貓」[02]，
我是一個關鍵，因為我是他們的飯碗或飯碗之一。
而我今天打算轉一圈林廓，

01　引自（波）切斯瓦夫・米沃什（Czesław Miłosz）著作《米沃什詞典：一部20世紀的回憶錄》，其中「MINDFULNESS(用深心)」介紹了越戰期間，從越南流亡到美國的一行禪師寫的一首詩。西川、北塔譯。

02　熊貓：作為稀有動物的熊貓在中國被稱為「國寶」，與「國保」諧音。公安機關從事國家保衛的警察簡稱「國保」。

這條環繞拉薩城的轉經道約十公里長。
我如信馬由韁，最終步行了十七公里，
同族的、二十幾歲的他們，從緊追不捨
改成了驅車相隨，我想象得出他們的表情。

但我並不認為我和熊貓的關係是相互依存，
我對他們的唯一要求，即離我遠點，遠點，最好消失，
除非這種「互存」具有究竟的意義，
比如地獄裡眾生之間某種因果關係。

陽光耀眼，人們熙熙攘攘，互相疏離而陌異。
各地口音紛雜，居然外地人的嗓音最響亮，
提示我每次轉身、回首。就像一條無形的繩索
牽動了一下，若即若離的那一頭會立刻呼應，
有時是一個尷尬的笑容，
有時是一道兇光畢露。

2018-5-11

「合作」是一個意味深長的詞

「合作」是一個意味深長的詞，
當然他們不會徑直向你提出這個要求，
而是各種迂迴，各種暗示，各種分量很足的威脅。
以及，或高聲或低聲重覆的最後通牒。
紅臉。白臉。白臉。紅臉。紅臉。白臉。
假笑。真怒。真怒。假笑。假笑。真怒。
漢語。藏語。藏語。漢語。漢語。藏語。
你的軟肋在哪兒？你的底線在哪兒？
屈從到怎樣才算夠？屈從到最後還剩下甚麼？

在那個擠滿享樂者的會所有麻將桌和 KTV 的包間，
我盯著電視機後面冷冰冰的牆走神了。
那上面畫著兩匹龐大的奔馬，
有匹馬的腦袋上盛開著奇異的繁花，
有匹馬的蹄子似乎要踏平一切。

2018-5-12

唯色／攝

VIII. 俄洛巴

忽然聽見哪部藏戲裡的一句歌詞

忽然聽見哪部藏戲裡的一句歌詞，
在藏曆四月十五轉經禮佛的人流中，
在座座白色香爐繚繞飄出的桑煙中，
那唱腔多麼悠揚的衛藏男子反覆唱：

「阿媽啦說她將要去往極樂世界，
我說也帶上我一同去往極樂世界吧……」

2018-5-29

拉薩烈日下

「盡力產生美⋯⋯」
——致拉赫瑪尼諾夫

「盡力產生美⋯⋯」[01] 他這個因革命
失去家園的使者，在流亡中自勉。
儘管災難降臨，許多人猶如
行屍走肉般過活，
但對於他來說，對於我（算上我一個）
必須以美為大，無論創作還是生活，
為此，我要向他致敬。

逝去的是最美的，如同青春時光。
被毀滅的是最美的，如同祖國與聖殿。
他始終聽見命運的鐘聲響起，
我卻聽見轉經路上的修行者，
反覆用身體撲向大地的響聲，
多麼悅耳，以至於銘記不忘，
我竭力地用心靈捕捉到了這些聲音。

01　引自 BBC 音樂紀錄片《悲歌：拉赫瑪尼諾夫回憶錄》中的旁白。拉赫瑪
　　尼諾夫（臺譯：謝爾蓋·拉赫曼尼諾夫 Sergei Rachmaninoff）是 20 世紀偉
　　大的作曲家、鋼琴家，生於俄羅斯，因 1905 年的蘇維埃革命而流亡異國，
　　1943 年臨終前入美國籍。

身為倖存者，只能徹夜感恩，
而不是懷恨在心，或「向新的主子屈服」，
讚美即療癒，讚美即真正的抵抗。

2018-5-31

拉薩烈日下

我熟悉舌頭是如何做了手術的過程

我熟悉舌頭是如何做了手術的過程，
也熟悉舌尖對加諸的味道是如何習慣的過程，
這些全都無比地熟悉，
因為這些全都發生在我的身上，
極其迂緩地，幾無意識地，並不覺得有多麼的不適，
以致於為時已晚，當舌頭變成了他人的舌頭，
味蕾變成了他人的味蕾⋯⋯

2018-6-3

1989 年的今天我在哪裡？

1989 年的今天我在哪裡？
不在北京，在達折多 ⁰¹
是任職甘孜報社十個月的小記者
當晚從某個電話驚聞鎮壓

1999 年的今天我在哪裡？
不在北京，在拉薩
是任職西藏文學九年的編輯
正準備去康區朝聖並記錄

2009 年的今天我在哪裡？
在北京，在天安門廣場
我和友人穿了紀念的白衣
周圍是便衣和等看降旗的小粉紅

2019 年，哦錯了，是 2018 年的今天
我在拉薩，騎一輛白色的自行車
從色拉北路至納金東路

01　達折多： དར་རྩེ་མདོ། （Darzêdo），位於康區東部，即今行政區劃的四川省甘孜
　　藏族自治州康定市。

身後有一輛國家機器的汽車尾隨著

2018-6-4

「別人」不重要……

「別人」不重要，
「別人」的東西才重要，
比如「別人」的土地，「別人」的一切……
然而，「別人」對於「別人」也是「別人」，
當然「別人」不一樣，
而「別人的生活」，我指的是一部德國電影，
其情節，同樣地在我這個「別人」身上發生著，
無論白天，無論黑夜……

2018-6-12

拉薩的上空有甚麼？

拉薩的上空有甚麼？我不認為是眾所周知的
藍天白雲，或飛鳥及飛鳥中的烏鴉，
也不是雨後的彩虹，甚至兩道、三道彩虹，
而是那忿怒的，卻不隱藏形跡的班丹拉姆！
而是那以三隻眼睛凝視解脫之境的多杰那覺瑪[01]！

我站在離地二十幾米的陽台上，就像是多少遠離了
那世態炎涼，那世俗庸常，那世惡道險——
「但恐懼和繆斯女神輪流看守，
這位流亡詩人被放逐的房間」[02]……

啊！我所引述的既是自況，同時也滿懷喜悅與悲哀，
向兩位女神奉上一百零八個等身長頭。

2018-6-24

01　多杰那覺瑪：ནཱ་རོ་མཁའ་སྤྱོད་མ། 又稱那若卡居瑪，漢譯金剛瑜伽母，是藏傳佛教中最具智慧與力量的女性修行者，也是噶舉派、薩迦派及格魯派共修的女性本尊。前面的《傍晚走過僧舍、佛殿、辯經場和白塔》有提及。

02　引（俄）阿赫瑪托娃（Anna Akhmatova）的〈沃羅涅日〉（《我知道怎樣去愛：阿赫瑪托娃詩選》，伊沙譯）。

唯色／攝

拉薩烈日下

隱居於此，隱居於拉薩北邊……

隱居於此，隱居於拉薩北邊，我的方位絕佳——
背後是色拉寺、色拉烏孜及開著紫花的荊棘叢，
前面有朋巴日為主的群山和右邊的頗章布達拉。
大片的天空，常常碧藍如洗，常常堆積雲朵，
時不時出現的彩虹都不尋常。而夜晚，
星辰與月亮的夜晚，我已找不到詞匯來形容，
總之都是迷戀的風景，怎麼看也看不夠。
以及書籍和音樂，沉浸其中，不可自拔，
以及黃昏時分走在轉經路上的種種偶遇……
這些快樂，既稀缺又非虛構，必須珍惜。

我已經習慣了與那隱形的巨眼在一起，
與如影隨形的人數不詳的身影在一起，
與他們的長短鏡頭、長短報告在一起，
（很好奇在他們的凝視中，我是不是
有一個自己也看不見的自己？）
我被當作一種汙染源，劃入被隔離的角落，
他們因此惱怒敢於接近的人，痛斥那些是壞人，
暗示我因近墨者黑，也不幸變壞了。
啊哈！多麼荒謬！這些壞透了的離間術，
這些壞透了的小人，並沒有道德評判的資格。

他們總是高估或誇大我的危險性，但
我無非更多的是為自己的嗜好而忙碌，
就像是一個沉溺於軼事遺物的懷舊者，
譬如收集發黃且有裂紋的照片，
收集深夜來不及熄滅的火燼，
收集不敢大放悲聲的啜泣，
收集不可告人或者無可告慰的隱私……
我並不懷有嗔怒的情緒，雖有缺陷或弱點，
但總的基調是恐懼的，孤獨的，憂傷的……
強調一遍，我並不因此怨天尤人。

有些從前結識的朋友，有些血緣相關的親戚，
有些因聞聲名而想謀面的陌生人，
我一概發自內心地拒絕。作為一個麻煩製造者，
驚擾別人的靜好歲月是不對的，
最好就此別過，你我不再相干。
正如我族諺語：「人的一生，貓的哈欠」，
何必糾結於世俗客套，浪費時間，彼此都累。
多年前，我是聚會的開心果，
自帶人際交往的潤滑劑，但如今，
我自帶敏感身份的標籤，還是應該回避的好。

因受傷而變得悒鬱是非常遲緩的過程，
因恐懼而沉默也是非常遲緩的過程，

拉薩烈日下

就像那遲遲成熟的水果，
已失去它的芬芳和宜人的營養，
這一切都有著極其遲緩的過程。
請容許我的隱居更長久些吧，我並非
沉屙已久的抑鬱者，無藥可救的沉淪者，
「應當想像西西弗是幸福的」[01]，
應當相信我是幸福的，但也不值得羨慕，
但我必須擊節讚嘆：現在，真好！

2018-6-27

01　引（法）阿爾貝·加繆（臺譯：阿爾貝·卡繆）《西西弗神話》，沈志明譯。

我好像從未看見過月亮……

我好像從未看見過月亮，
在快圓滿的時候，
會被幾乎遮天的雲朵簇擁著。
而它的中心明亮，如白晝，由內及外，
那金色的圓圈像罕見的花瓣徐徐綻放。

但我的描述顯然不夠充分，
這才發現詞窮，
多麼尷尬又著急。
我用藏語和漢語輪番讚美，
也只是同義的詞彙重覆，
更多的形容詞呢？此刻，
我需要的不是乾巴巴的名詞，
若能找到合適又美好的譬喻，
倒也可以用名詞替代，
比如畫在唐卡上的某個空間叫壇城。

月亮默默地運行，自有軌跡可循，
且清晰地，從我的左邊走到右邊，
似乎情深義重，卻無須
人的察覺，或感激。

當我偶然仰首，才知最好的時光
無知無覺地，過於匆匆地流逝。
成住壞空，就像風起雲湧，一掠而過。
不遠處的，我惦記的廢墟呢？
那被夷平的，無非是遭五毒禍害的
大地上不計其數的廢墟之一。
幸好有你一直陪伴著，用另一種語言
說：「還有甚麼，能比尋找一條
走出不公與寒冷的道路
更加值得的事？」[01]

我仿佛站在群山的邊緣，
這高出地面才二十多米的房間，
越過人間煙火，而與天際建立了聯繫，
獲得了放眼眺望整個城市的可能性，
有多少被隱藏的人與事，大致能夠辨察？
有些房間猶如城府很深，有些道路似乎通向人心。
而我其實面對著，那幢形似望遠鏡的高樓，
更似窺視一切的幽冥之眼，
提醒我須記住此時此地的現實，
絕不能自閉、自私、自足。

01　引（德）愛德嘉‧愛德嘉‧萊茲（臺譯：艾德‧葛萊茲 Edgar Reitz）的電影《另一個故鄉》（Die andere Heimat）中的獨白。

啊，這應運而生的覺悟！恰如此刻的月亮，
值得敬上一杯美酒或獻上一朵鮮花。
耽於塵俗的雙耳，卻聽見狗的叫吠斷斷續續，
麻將的嘈雜如金幣的碰撞格外尖利，
以及幾個男子越來越近的腳步聲，
夾雜著一個女人莫名的飲泣。

2018-6-28

拉薩烈日下

唯色／攝

VIII. 俄洛巴

走在似乎打回原形的陽光下

走在似乎打回原形的陽光下，
看不清目力所及的一切，
反而返回內心。

幻覺浮現，像給我力量，
起先呼吸的方式如苟喘，
漸漸站穩腳跟，才得以生還。

眾神好似立於聖殿之頂，
眾神卻如中彈，紛紛跌落下來。
一隻大鳥飛遠，那是稀有的鷹鷲嗎？
剛剛享用了與靈魂分離的肉身。

幾隻喪家犬跑來，投下尾巴搖擺的影子，
猶如**魑魅魍魎**。身後見不得陽光的人影呢？
果然是類似的特殊材料打造的嗎？
這炎涼世界，以五毒[01]餵養了惡。

01　五毒：即佛教所説的貪嗔癡慢疑。

唯色／摄

但咫尺之間，僅因一棵樹的蔭蔽，
或千篇一律的建築物投下的陰影，
烈日下的難耐會減弱許多。
我真想逃至所有的涼快處，

這時，耳畔響起詩歌女神的聲音：
「而你對我的詆毀，那就是一番讚美。」[02]
啊，外地人，異邦人！啊，自己！
我希望開了就死的花朵快開，

一開就是最美的，但無須被人看見。
他們那平庸至極的目光，
是催殺美的強光，勝過可怕的命數！

我要獨來獨往，獨往獨來，
或逃往內心的蔭涼之處，從受困於
自縛之地，抵押了自尊的族人中絕塵而去。

2018-7-8

02　引（俄）阿赫瑪托娃的〈二行詩〉（《鐘擺下的歌吟》，楊開顯譯）。

反抗或抵抗有多種

反抗或抵抗有多種，
不需要大聲地宣布，
也不必慨然殉身，
我不是鬥士，而是詩人，
自有屬於本土的個人記號。

比如在至尊依怙主的壽誕日，
去祖拉康面向覺沃佛誦念長壽祈請文，
去羅布林卡面向獨一無二的金法座[01]磕長頭，
眼前幻現淪喪之前的民意多麼決絕而忠誠，
恰如相遇懷抱鮮花、手捧哈達的族人，
無需表白，相互微微頷首足以會意。
而這一切全被走卒看在眼裡。

任由盯梢多久就盯梢多久吧，
包括昧了良心的各種技術，

---

01 金法座：位於羅布林卡的達旦明久頗章，即十四世尊者達賴喇嘛的宮殿，具有集結號的意義。1957 年 5 月中旬，圖伯特反抗中共的重要組織「四水六崗」的首領恩珠倉‧貢布扎西，為了集合反抗力量，以給尊者達賴喇嘛祝賀二十二壽誕為理由，號召人民敬獻黃金和珠寶來製作金法座，各地人民踴躍奉獻，一個多月後完美製成，顯示了團結與虔誠之心。

才能在至暗時刻，細細地領略到
那靜靜下雨的，仿佛往昔的，
拉薩好時光。

2018-7-9

拉薩烈日下

似乎會在任何之間猶豫不決

似乎會在任何之間猶豫不決：
在昨日和今日之間，
在今日和明日之間，
在看見和看不見之間，
在聽見和聽不見之間。

你在做甚麼？
你做甚麼都不對嗎？
抑或，你做甚麼都不夠？
但在他人的獵物與獵奇之間，
你做，就是錯。

心有塊壘，借酒澆之；
心有猛虎，細嗅薔薇。
二者必擇其一。於你而言，
畢竟修為不夠，
做不到流亡中的自在——

走在集市我艱於呼吸，
走在寺院我艱於呼吸，
走在群眾當中我艱於呼吸，

走在老大哥的視線裡我艱於呼吸，
走在六道輪迴的莫測長途上我艱於呼吸。

2018-7-11

拉薩烈日下

此地的宿命為何如此？

此地的宿命為何如此？
我們的宿命為何如此？
我啊，我並非羈旅他鄉，而是重返故土，
卻為何揮之不去寄人籬下的感覺？
我比邊緣還邊緣，比傳染病還傳染病，
比好自為之還好自為之。

然而今生短促，抗辯無用，
譬如我個人可以忽略不計，
眾生龐雜也可以忽略不計，
不然壓抑不住的哭泣會令轉世者失去回天之力，
早已習慣的雙重生活把幸福的面具發給你我，
那本是戴給他們看的，久而久之，取不下來。

亂雲飛渡，權力更迭，無法掩飾故鄉變異鄉，
模糊了或吞併了諸多界線。爭相屈從的奴隸們
卻以追逐潮流的口氣，誇誇其談「跨界」或「無界」，
好像面前擺著各種「界」，任憑自如地穿梭，
亦可任性地選擇，卻是幻覺，都是噱頭，那麼
有沒有「邊界」呢？或者有沒有「邊境」呢？

而邊界與邊境的區別又是甚麼？
後者當然與地理有關，如今早歸他人，
我甚至連遠遠眺望一眼的權利也沒有，
只能在夢境中重返相安無事的邊境，
只能在詩歌中重返不會相讓的邊境，
身陷霸凌者當中，咫尺即邊境。

2018-7-22

夢裡堪布仁波切和我不期而遇

夢裡堪布仁波切和我不期而遇，
聲音很低地說：「不要來見我。」
還飛快地重覆了三遍。
我瞥見恐懼已形於色，
就一言不發，
佯裝不識，
低頭拐入空無一人的小巷。
有點想哭，
卻發現地上有塊巨大的陰影，
仔細一看，是攝像頭的投影，
真像一隻了然一切的眼睛啊。

2018-7-25

「……我竟害怕得都不敢說出這個詞」

「……我竟害怕得都不敢說出這個詞：祖國。
但他們輕易出口的這個詞並不是我的認可，
只是寄居處，或寄人籬下之地，有暫住證為證。」

「……我多麼羨慕這世上所有輕易出口這個詞的人，
天生一份良好的自我感覺，如果不仗勢欺人該多好，
喪失者的命運猶如風中燭火，容我留住證據。」

「……然而我同時真想擁有一雙前世的眼睛，
這樣，就能看見這些使人心碎的新舊廢墟的以前，
才能看見你啊，流亡者的祖國，容我無聲地說出。」

2018-7-28

早晨的陽光灑在印度某地的圍巾上

早晨的陽光灑在印度某地的圍巾上，
那圍巾搭在青竹屏風上，
局部明亮，更多的部分在陰影裡，
手工衍縫的痕跡，奇異的花紋，
無法想象織成這圍巾的人有怎樣美妙的口音。

早晨的陽光灑在七樓陽台的經幡上，
那經幡繫在生銹的鐵欄桿上，
局部在陰影裡，更多的部分變得無比透明，
那靜美的四臂觀音，威猛的蓮花生大士，一匹匹
馱著如意寶的駿馬啊，似乎都不再隱匿與生俱來的神力。

然而，這陽光，這陽光有一種特殊的味道，
將我帶回一九九〇年的春天……那個乘鐵鳥重返故鄉的
女子一落地，就被籠罩在幾乎刺穿雙眼的光芒中，
並聞到了拉薩與蟄薩 01 的雙重味道十分濃郁，
如被攝受，從未忘懷，卻在多年之後才有所辨析。

2018-8-7

01　蟄薩： འདྲེ་ས། 意為魔地。與意為佛地、聖地的拉薩 ལྷ་ས་ 對應。

唯色／攝

拉薩烈日下

我需要一件與科技無關的隱身衣
——致哈維爾 [01]

我需要一件與科技無關的隱身衣，
就像傳記中那枚用作法器的白海螺，
在某個奧妙心咒的反覆持誦後，
身軀縮小，縮小，就能藏身其中，
為的是不讓邪魔干擾修行。

那些如影隨形的陌生人，
有著侵略性很強的本事，那是野蠻的
權力賦予的，在光天化日之下，
投下蟒蛇般悄悄盤曲、隨時攻擊的陰影。
蟒蛇？此地有過如此陰毒的動物嗎？

但有小青蛇，多年前，我在德仲溫泉 [02] 的
石塊上見過，比竹子更細，比風更靈活，

01　哈維爾：瓦茨拉夫·哈維爾（Václav Havel），捷克作家、劇作家及思想家，
　　首任捷克共和國總統，偉大的持不同政見者，他説過一句話：「活在真相中」
　　（living in truth）。

02　德仲溫泉： གདན་ས་སྟོད་ཆུ་ཚན། 位於今拉薩墨竹工卡縣門巴鄉德仲村，被認為是聖
　　泉，附近有尼眾寺院。

似乎沒有殺傷力，與斯巴括洛 ⁰³……對！
就是六道輪迴圖，與其中的蛇不同，
那是嗔恚的象徵，源於無明。

偶爾我會覺得，我像困在城堡中的隱士，
但不是可憐蟲或醜八怪，無非持守著
邊緣人的立場，說出了異端分子的話語。
我不會卑躬屈膝，討要饒恕或恩惠，
反而中意這貌似避難所的小小穴居，
恰是屬於我個人的香巴拉 ⁰⁴。

假如屈從於……屈從於不計其數的填表，
有關「身分」、「民族」、「政治面貌」等等；
屈從於無權看到卻掌控一生的檔案，
裡面塞滿無所不用其極的惡；
屈從於扔給你的碗，鐵的瓷的塑料的，
戰戰兢兢地，生怕摔碎或變形；
屈從於畫地為牢的圈，越長越像待宰的
豬或羊或其它牲口，屠夫磨刀霍霍；
屈從於到處閃爍著命名為幸福的光芒，
卻經不起真相的一瞥。

03　斯巴括洛：ཨརྡ་པའི་འཁོར་ལོ། 六道輪迴圖，藏傳佛教關於六道生死輪迴的描繪。
04　香巴拉：ཤམ་བྷ་ལ། 梵語音譯，又稱香格里拉，藏傳佛教所說的淨土，時輪佛法的發源地。

妥協一次，即屈從一次，受辱一次。
妥協十次，即屈從十次，受辱十次。

每次經過一個個屈從之處，一個個屈辱
就像他們喜歡說的鐵拳，會反覆地擊中心臟和淚腺。
似乎付出了折壽的代價，畢竟耗損了靈氣和靈感，
我寧可活在真相中，僅僅屈從於美與自由的幻象，
那才是我夢寐以求的，無比漂亮的隱身衣。

2018-8-9

我無法做到無視您……

我無法做到無視您，無法無視您，
我的尊者，我的嘉瓦仁波切。
我無法默認那無恥的禁忌，
我無法做到假裝您不在這裡：
不在日出時漸生暖意的頗章布達拉，
不在暮晚時愈發寂寥的羅布林卡……
您一直在的，一直在的，一直在的。
無須問您的前世，您的十三個前世，
您一直在環繞確喀松[01]的無邊雪山中，
而我一直在哭泣，止不住地哭泣。
我甚麼都不怕。我不怕他們，
猶如不怕生死輪迴，輪迴中的輪迴。
因為您在這裡，在無數族人的祈禱中，
在無數族人日覆一日的等待中，
所以我說起您才會泣不成聲，
我們說起您才會泣不成聲……

2018-8-10

---

01 確喀松：ཆོལ་ཁ་གསུམ། 多衛康三區，圖伯特的統稱，也是圖伯特傳統地理的説
     法，包括安多、衛藏和康，即今甘肅省、青海省、四川省、雲南省的藏地
     和西藏自治區。

薯伯伯／攝

原來他們說我是俄洛巴……

原來他們說我是俄洛巴[01]，
原來他們在背後警告我的朋友：
不要跟她來往，她是個俄洛巴。
我有些驚訝，更覺得愉快，
我喜歡這個藏語的稱呼，
叛徒的意思，變節分子的意思，
我很滿意他們對我的定義。

我很滿意這個新的名字，家族的
逆子？被遭警告的上師放棄的弟子？
實為命運轉折之後的讚美和榮譽，
如同在這個浮世獲得的加冕，
而真的桂冠從來是用荊棘編成。
或許好心人會流下同情的淚水，
我卻多了從未有過的輕鬆和自豪。

就像是重生或轉世，
就像是逃出生天的鳥兒，

01　俄洛巴： རོ་ལོག་པ། 叛徒，變節分子。

在帝國的地圖上深淵與福地並列，
或可能遭遇不測，但會換來好的業報。
既已見過那樣的美景又怎能閉目無視？
既已嚐過那樣的美味又怎可絕口不食？
我已榮獲餘生的另一種身分。

我願意成為一個存有異心的標籤，
願意被打入另冊，歸入某個階級，
類似被邊緣化的賤民或傳染病患者，
前者不可接觸，後者亦不可接觸，
我反倒慶倖免於被庸常人所擾，
何況在究竟的意義上，誰才是
無下限的俄洛巴，無須贅言。

2018-8-11

我想學會這首據說被禁的歌

我想學會這首據說被禁的歌，
九十年代在拉薩很流行，
如今有時在私人聚會的場合可以聽到，
旋律悠揚，歌詞大意是：
「昨晚我做了一個吉祥的夢，
在雪域圖伯特的淨土啊，
五色花朵競相開放，
兇猛的龍摔到了地上，
花兒開得美麗，雷聲比甚麼都響亮，
高高的珠穆朗瑪變成了金光閃閃的佛塔。」

為甚麼不讓唱呢？人們這樣猜測：
龍落地，就犯了大忌嗎？
而佛塔隱喻的是至高無上的喇嘛嗎？
看來有的人修出了他心通。

2018-8-28

我在拉薩就像在北京一樣流亡著

我在拉薩就像在北京一樣流亡著，
我在北京就像在拉薩一樣流亡著，
我既是外部的流亡者，
也是內部的流亡者……

不對，我的表述不夠準確，因為這兩地
並不一樣。我想說的是，在拉薩的流亡
是那種人盯人的流亡，
就像無處可逃的羚羊。

大街上與我擦肩而過的人
是否發現我身後的盯梢者不止一個
寺院裡與我並肩而禱的人
是否察覺我周圍的盯梢者不止一個

早上。午後。傍晚。其實是所有時刻。
這裡。那裡。其實如他們所言：全方位，無死角。
貓捉老鼠的遊戲。甕中之鱉的隱喻。
或者行走刀鋒的感覺，那冷冷的殺氣陣陣襲來。

在哪裡，會堆積著關於我的各種報告？

薯伯伯／攝

拉薩烈日下

一個文件櫃裝得下嗎？一個小黑屋裝得下嗎？
那是另外的檔案，一定充滿無所不用其極的惡毒
但善良限制了我的想象

此時得以喘息，並不等於其他任何時候
都能得以喘息。
此時得以苟活，並不等於其他任何時候
都能得以苟活。

然而拉薩啊，我們的禁地或促狹之地，
我卻不能拒絕來自深壑的歡樂，
「在煉獄的臨時天空下 / 我們常常會忘記
這以天空為屋頂的快樂倉庫 / 可以是終生的家。」[01]

所以啊拉薩，若我遺忘你，[02]
我寧願命中之喉喪失歌詠的技巧。
我若遺忘你應獲得的果報，
我寧願舌頭抵住上膛而不能出聲。

2018-9-1

---

01 引（俄）曼德爾施塔姆〈既然我們還不能公開說出〉（《曼德爾施塔姆詩
　　選》，黃燦然譯）。

02 引《聖經》詩篇第一百三十七篇：「耶路撒冷啊，我若忘記你，情願我的
　　右手忘記技巧！」「我若不記念你，若不看耶路撒冷過於我所最喜樂的，
　　情願我的舌頭貼於上膛！」

唯色／攝

344

拉薩烈日下

一個早早失去父親的人

一個早早失去父親的人，
懷著隱痛，
隨著光陰，
在六道輪迴的路上走著，
快到了父親離世的年紀，
快忘記了父親喊她的聲音，
快忘記了她擁抱父親的感覺。

那年聖誕前夕，在拉薩軍分區，
我穿著一條紫花盛開的燈芯絨長褲，
要去見一個落魄的才子，
父親嘆道：我女兒的心啊，比這花褲子還花。

2018-9-2

我能歌善舞的阿媽啦……

我能歌善舞的阿媽啦，以日喀則老家的歌舞，
在這個陽光燦爛的下午犒勞了她的女兒。
譯成中文的歌詞大意是：

「朝聖的地方哪裡最好？
朝聖扎什倫布寺最好，
央吉嗦[01] 朝聖扎什倫布寺最好。

佛殿裡的香火僧啊，
請給我講一下吧，
央吉嗦 請給我講一下吧。

若不講的話，
我是從遠方來的朝聖者，
央吉嗦 我是從遠方來的朝聖者。」

因為我由衷的讚嘆，阿媽啦又唱了一首
家喻戶曉的民歌，還緩緩起舞

---

01 央吉嗦：ཡང་གཅིག་སོ་རོ། 語氣詞，沒有實際含義。與「巴扎嘿」相同。

譯成中文的歌詞大意是：

「我們往上走的時候，
雪就往下落了，雪下得好啊，
雪後的陽光很溫暖。」

因為我再次由衷的讚嘆，阿媽啦又唱了一首
她的阿媽啦教的民歌，舞姿更具禮儀
譯成中文的歌詞大意是：

「良辰吉時朝拜強巴佛殿[02]，
身心安逸沉浸吉吉拉嘎[03]，
柳枝輕揚娛目，杜鵑鳴叫悅耳。」

2018-9-3

02　強巴佛殿：བྱམས་ཁང་ཆོ་བྱང། 指扎什倫布寺的彌勒佛殿。
03　吉吉拉嘎：སྐྱིད་སྐྱིད་ན་ཀ། 指日喀則城裡的一片林卡。

「表面的勇氣」是容易漸漸失去的

「表面的勇氣」是容易漸漸失去的，
然而我理解，我理解，我理解，
正如理解六道無休止的輪迴，
正如理解四聖諦中的苦苦。
也請諸位理解我，理解我，理解我，
誰都想象不出那架無所不能的機器，
以怎樣的方式在暗地裡運轉著。

有次坐車往東，從一排極高的牆下經過，
日深月久的石塊密密地疊砌著，頂端有鐵絲網相連，
在烈日下閃閃發亮，如同利刃的炫耀。
從這頭到那頭，兩頭各立一個更高的瞭望塔，
裡面有人走動，投下長長的陰影，
似乎還有槍枝的影子，沒錯，
那就是生殺予奪的扎基監獄[01]。

我試著閉目養神，打算在餘生的日子
充當一個漫遊的盲歌手，

01　扎基監獄：扎基 གཞི་བཞི། 即西藏自治區監獄。位於拉薩北郊，主要關押重刑犯、
　　政治犯、女犯等。

唯色／攝

但假裝失明會不會終究成真？
或許看見的太多，又渴望更多的看見，
陰影下，更多的看不見的目光會聚攏，
會化作強光，吞噬任何一個雙目炯炯的人⋯⋯
屈從了多年，我已經盡可能地勇敢了。

「甚至不要相信表面上友好的同族人，
可能一轉身就會跑去報告的。」
近乎耳語的叮囑中，我憶起十年前被傳喚，
瞥見公安局辦公室的角落那堆積如山的卷宗，
據説正是討賞的線人那隱含殺機的報告。

2018-9-9

夜空中在頰章周圍⋯⋯

夜空中在頰章周圍
閃閃爍爍的是甚麼？
更像刺破鐵幕的尖刃，
而不像星辰，
也不像燈火。

我仍在絮叨，
絮叨那場火，
絮叨那些廢墟，
絮叨那些層出不窮的贗品，
絮叨那麼多的飲泣和失語⋯⋯

偶爾覺得些微尷尬，
會把絮叨當做嘮叨，
如同在孤獨中衰老的人，
常常自言自語，
難以收聲。

今夜不一樣，
發現字字珠璣，
就像我滿手戴的戒指，

看上去過於堆砌，

於己個個賽過珍寶。

2018-9-12

有時候想到我們來世還會在一起

有時候想到我們來世還會在一起
我也就不怎麼害怕輪迴了

2018-9-16

這些詩是我回到拉薩的原動力

這些詩是我回到拉薩的原動力，
這本詩集是我在拉薩幾個月的燃料，
我的孤獨因此微不足道，
我反而在每一天以喜悅或憂傷的詩意存在著，
因為詩即一切，換句話說，詩即某種鴉片——

馬克思說：「宗教是人民的鴉片」。
毛澤東對青年達賴喇嘛說：「宗教是一種毒藥」[01]。
啊哈，我恰恰熱愛被他們敵視的鴉片或毒藥，
那是讓靈魂復甦的靈丹妙藥，
那是多麼經典的反諷！

有的人會把反諷當成褒獎，
有的人把反諷當成武器，
有的反諷帶來歡樂，
有的反諷黯然神傷。

2018-9-24

01　引《達賴喇嘛自傳：流亡中的自在》，其中寫 1954 年，十九歲的尊者達賴喇嘛去北京，與六十一歲的毛澤東多次見面。最後一次會談時，毛澤東說：「你的態度很好。宗教是一種毒藥，第一它減少人口，因為和尚、尼姑必須獨身；其次它忽略了物質進步。」達賴喇嘛很震驚，「我忽然非常害怕，心想『啊！原來你是個毀滅佛法的人』」。（康鼎譯）。

拉薩烈日下

我寫下這些詩的空間……

我寫下這些詩的空間
是挨著床榻的陽光房，
以三節折疊的竹簾間隔著，
而與一圈窗戶構成了橢圓形。
三塊長方形的羊毛地毯布滿本地色彩與圖案，
六個大小不一的靠墊也各具類似的風格，
關鍵是，掛在窗戶上的簾子最別致：
白色的棉布，藍色的鑲邊，以及祥雲環繞的吉祥結，
是命中因緣的恩人縫製，那巧奪天工的手藝啊，整整九面，
可以錯落有致地懸掛，也可以全都取下，搭在欄杆上。

圓形的穹頂間隔成三個三角形的凹坑，
衛藏畫師模仿古老壁畫繪製了大象、孔雀和幡幢，
化平庸為神奇，諸佛所在的世界仿佛觸手可及。
當然，對於一個寫作者來說，
一張小小的藏式矮桌，一兩塊草編的坐墊，
足以讓我抒發內心守護的靈感，
可我總是會為窗外的風景分神：
七樓的位置恰好望得見氣象萬千的天空，
不必被愈來愈高的火柴盒般的建築占據視野，
更幸運的是，頗章布達拉仍高高在上，

只要我抬頭，即可撫慰有所期待的目光，
雖已空空五十九年，但只要在那，就是法界身，
觀自在菩薩將如願而至，我的尊者將如期而歸。

從早晨至深夜，從春夏之交到秋意漸濃，
我寫下一首首詩，如同，不，不是如同，
而是在不停地流徙中的祈禱與見證，
這也是多年前我對寫作的定義，
至今，因初衷未變，我略感慰藉。
只不過，我寫下這些詩的空間是透明的，
密密麻麻的眼睛布滿各個角落……好吧，好吧，
我們熱愛老大哥 01，我們讚美老大哥，
這些詩是我回到拉薩的原動力，
這本詩集是我在拉薩六個月的燃料，
我的恐懼因此微不足道，
我反而在每一天以喜悅或憂傷的詩意存在著，

再過數日，趁凜冬未至，我將重回霧霾籠罩的紅色帝都，
就像是無法擺脫的這一世命運的軌跡多麼莫測啊莫測……

2018-9-30

01　語出（英）喬治‧奧威爾在小說《1984》的最後一句：「他戰勝了自己。
　　他熱愛老大哥。」董樂山譯。

拉薩烈日下

薯伯伯／攝

VIII. 俄洛巴

通往貢嘎機場的路顯得寥廓

通往貢嘎機場的路顯得寥廓，
外地車輛猶如候鳥暫時離去。
樹葉發黃，落下，已值藏曆秋季，
早晚變冷，白晝裡仍有炎陽炙烤。

他的帶有後藏口音的漢語夾著藏語，
他轉達上司的指示包括禁令、戒令及赦令。
「如果」，「只要」，那麼「歡迎再來」，
「我們當然會更新你們的許可證」[01]。

雅魯藏布的流量平緩、減少，遠山已積雪。
日子過得真快啊，與慈母擁抱碰額，我難捨難離。
朝夕相處在門口、樓上的陌生人，仍驅車相隨。
願他們睡得好，吃得香，明年最好不見。

2018-10-11

01　引自（俄）奧西普·曼德爾施塔姆〈在警察局的吸墨紙上〉（《曼德爾施塔姆詩選》，黃燦然譯）。

漸漸地，肉身脫離我的帕域拉薩

漸漸地，肉身脫離我的帕域 [01] 拉薩，
憑一架扶搖銀白色雙翼的金屬之鳥，
愈升愈高，愈飛愈遠，偶爾顛簸，
數小時後就會降落在烏煙瘴氣之地。
鄰座的重慶人散發著油煙味，
像是剛吃了口味很重的火鍋。
我側身俯瞰積雪的群山，
幽謐的湖泊，蜿蜒的道路……
卻驀然見到奇異的景象：
成雙的、七彩的、渾圓的虹光出現，
虹光的當中有一個宛如鷹鷲的投影！
不即不離，或很淺淡，或非常明顯，
那麼我們這些凡人也在其中嗎？
且慢……須靜心凝視，那山谷中狀如法冠的，
莫非我曾拜祭的至尊女神的魂湖拉姆拉措？
我的意思是，我們是否終將被神鳥帶往時輪壇城？
我們全都蒙受了瞬息即逝的恩典卻不自知嗎？
我於是，因註定將會返回而無比歡樂，

01　帕域：ཕ་ཡུལ། 故鄉。

也因歸期難卜，更因時運莫測，而愈發悲傷。

2018-10-11，
離開拉薩去往他鄉的飛機上

唯色／摄

VIII. 俄洛巴

後記

　　我一直在寫詩。無論寫散文、故事還是評論，我都認為是詩。從中文來說，詩這個字由言和寺組成；也就是說，詩人是言說者，同時也是有美感的、有使命的、有宗教情懷或宗教信仰的言說者。所以，當對於美有著不一樣的感受力的詩人，同時成為見證人、記憶者，並經由寫作而再現，才會成為真正的言說者吧。

　　2018年，我很不容易返回拉薩住了半年（4月至10月），以每天寫一首詩的方式，完成了這本日記性質的詩集，為此寫下：

　　「我以這本詩集向這些偉大的詩人和作家致敬，他們的詩歌與靈魂安慰了我從帝國之都返回故鄉拉薩的時間——從始至終，受到警告、監控、跟蹤及種種難以想像的可能性。他們是：曼德爾施塔姆，策蘭，米沃什，阿赫瑪托娃，札加耶夫斯基，卡佛，薩義德，奧威爾，哈維爾，帕慕克，卡爾維諾等等。以及流亡西方的同族人秋陽創巴仁波切，這期間我有所感應地經驗到他詩中所寫：『無佩劍的戰士/騎著彩虹/充耳是超凡喜悅的無盡笑聲/毒蛇變為甘露』。還應該向一位音樂大師致敬，從始至終，他的音樂總是在場。他就是拉赫瑪尼諾夫。似乎是，命運有某種相似，可以歸入同類項。感謝他們的陪伴，不只是這幾個月，而是這一世，使我得以『在另一種美裡/找到慰藉……』」

想起當年，在我離開了詩歌的「象牙塔」之後，我堅持這樣的寫作理念：寫作即遊歷；寫作即祈禱；寫作即見證。然而現在我認識到，寫作即遊歷的說法太輕鬆，太愉悅，太浪漫化；而現實中有太多的苦難、問題與恐懼，寫作根本不可能是遊歷的狀態，相反更類似一種流亡的狀態，故將這句話修正為——

　　寫作即流亡，寫作即祈禱，寫作即見證。

　　　　　　　　　　　　　　　　　　　2020年6月15日，於北京

薯伯伯／攝

薯伯伯／攝

薯伯伯／攝

唯色／攝

拉薩烈日下

作　　　者｜唯色（茨仁唯色）
責任編輯｜樗
執行編輯｜余旼憙
文字校對｜韓祺疇
封面設計及內文排版｜王舒玗
攝　　　影｜唯色、薯伯伯

出　　　版｜二〇四六出版 / 一八四一出版有限公司
發　　　行｜遠足文化事業股份有限公司 （讀書共和國出版集團）
社　　　長｜沈旭暉
總 編 輯｜鄧小樺
地　　　址｜105 台北市大同區民生西路 404 號 3 樓
郵撥帳號｜19504465 遠足文化事業股份有限公司
電子信箱｜enquiry@the2046.com
Facebook｜2046 出版社
Instagram｜@2046.press
信　　　箱｜enquiry@the2046.com

法律顧問｜華洋法律事務所 蘇文生律師
印　　　製｜博客斯彩藝有限公司
出版日期｜2024 年 2 月初版一刷
定　　　價｜380 元
I S B N｜978-626-98123-0-1

國家圖書館出版品預行編目

拉薩烈日下 / 唯色（茨仁唯色）作 . -- 初版 . -- 臺北市：二〇四六出版，一八四一出版有限公
司出版：遠足文化事業股份有限公司發行，2024.02
　　面；　　公分
ISBN 978-626-98123-0-1(平裝)

851.486　　　113001045